約會大作戰

搜尋七罪

橘 公司
Koushi Tachibana

Kadokawa Fantastic Novels

彩頁／內文插畫　つなこ

精靈
THE SPIRIT
存在於鄰界，被指定為特殊災害的生命體。發生原因、存在理由皆為不明。
現身在這個世界時，會引發空間震，給周圍帶來莫大的災害。
再者，其戰鬥能力相當強大。
處置方法1
WAYS OF COPING 1
以武力殲滅精靈。
但是如同上文所述，精靈擁有極高的戰鬥能力，所以這個方法相當難以實現。
處置方法2
WAYS OF COPING 2
——與精靈約會，使她迷戀上自己。
搜尋七罪
Search NATSUMI
SpiritNo.7
AstralDress-WitchType Weapon-BroomType[Haniel]

序章　另一個士道 Doppelgänger

「什麼……！」

事情發生在學校的屋頂。

士道凝視著站在眼前的少年，呆若木雞地杵在原地。

理由很單純。因為那名少年的樣貌詭異無比。

話雖如此，他的容貌既非如怪物般醜陋，也不驚悚駭人。從不相干的外人眼中看來，反倒會認為他是個平凡無奇的少年吧。

長得幾乎要遮住眼睛的劉海以及中性的五官；身材不高不矮、穠纖合度；而他身上穿著的，則是來禪高中的冬季制服。

並沒有什麼奇特的地方，就是個再平凡不過的少年了。

然而，士道卻嚇得直打哆嗦。他嚥下一口口水，露出銳利的目光。

「你……到底是誰？」

「……我是誰？你在說什麼傻話啊？」

士道提出疑問後，少年便聳了聳肩如此回答。
接著，他揚起嘴角露出狡黠的笑容繼續說道：
「——我是五河士道啊。看也知道吧？」
少年說完，一臉愉悅地笑了。
「…………！」
那幅異樣的光景令士道不禁皺起眉頭。
沒錯。站在士道眼前的少年——擁有和士道一模一樣的容貌。
從頭頂至腳尖都與士道的記憶分毫不差，每天早上士道從鏡中看見的人物就站在那裡。
與士道相同臉孔的少年神色歡愉地凝望士道的表情，接著嘆了一口氣，開口說道：
「——你真的不知道『我』是誰嗎？」
「……！」
聽見少年發出的聲音，士道再次蹙起眉頭。
因為那聲音並非士道的，而是一名女性的嗓音。
不——不僅如此，士道曾經聽過那個聲音。

「難不成……妳是七罪……！」

士道喚出那個名字之後，少年便冷冷一笑。

「——呵呵，正確答案。你總算發現了呀，士道。」

「妳……妳那副模樣是怎麼回事啊！到底是為了什麼……」

士道話還沒說完，七罪便突然露出猙獰的表情。

「你問我為了什麼？我不是說過嗎？知道我祕密的人，我絕不會輕易放過……覺悟吧。我要把你毀得亂七八糟、一塌糊塗、東倒西歪……！」

七罪惡狠狠地說完，豎起大拇指用力往下比。

第一章　十月的魔女 Halloween

「呵呵呵，吶，達令～你可以再靠過來一點喔～快點～」

「不……我說啊，美九。」

「什麼事？啊，對了。我前陣子發現一家好吃的義大利餐廳喔～你今晚有空嗎？可以的話，我們一起去吃嘛～」

「啊，不行，我必須準備十香她們的晚餐……」

「什麼嘛～那也找十香她們一起去嘛～我可不是那麼小心眼的女人喔～當然由我請客，你放心吧。」

「不，我就說了，美九……」

看著臉上泛起天真的笑容，同時不斷將身體挨近自己的少女，五河士道露出困擾的表情。

絲綢般美麗有光澤的藍紫色頭髮，以及想必勤於保養的滑嫩肌膚，無庸置疑是一名美少女。

這名喚作誘宵美九的少女雖然比士道大一屆，平時卻沒有學姊的風範，舉手投足之間都流露出孩子氣。

然而她的身材卻發育得十分良好，每移動一次，她那豐滿的上圍便會朝士道擠壓過來，讓他不知該如何是好。他只能滿頭大汗，眼神四處游移。

話雖如此，現在令士道全身僵硬的不只有美九天真無邪的舉動。

「…………」

一道熱切的視線緊緊纏繞著士道的全身。

……沒錯。士道的妹妹琴里正坐在士道與美九的眼前。

以黑色緞帶綁成的雙馬尾、如橡實般圓滾滾的眼睛，還有含在嘴裡的加倍佳棒棒糖，是少女最大的特徵。她現在肩上披著一件深紅色的外套，用手拄著臉頰，一臉不悅地望著美九（單方面）與士道卿卿我我。

士道等人所處的地方，是空中艦艇〈佛拉克西納斯〉的某個房間內。

宛如刻意將燈光調暗的昏暗空間，中央擺放著士道等人坐的椅子，四周則圍繞著成排的長桌。場景猶如緊張的面試會場，不然就是法院……不過，美九看起來並不是那麼在意。

「……差不多可以了吧，美九？」

「咦？差不多，是指什麼事情呀～～？」

美九以不帶一絲惡意的表情如此說完，琴里便咬緊牙關、大拍桌子說道：

「就、說、了！是偵訊啦！還不是因為妳嚷嚷著『如果達令不陪人家，人家就不配合

～』，我才特別允許他在場的！」

「啊啊，聽妳這麼一說，好像是有這麼一回事呢～」

美九發出「啊哈哈」的笑聲後，面向琴里。不過，手仍舊挽著士道的手臂。

琴里深深嘆了一口氣，翻開放在手邊的文件。

「……那麼，我要開始發問了。」

「好的、好的，請不要客氣。」

美九以十分輕鬆的語氣回答。琴里再次嘆了一口氣後說道：

「雖然我有許多關於妳的能力和天使方面的問題想詢問……不過這些就稍後再說。首先必須確認的事情是——」

琴里說著豎起指尖指向美九。

「將妳變成精靈的存在。」

「…………！」

琴里如此說完的瞬間，美九原本笑盈盈的臉頰抽動了一下。

「妳本來是人類，而非純正的精靈——這一點沒錯吧？」

「…………」

聽到琴里說的話，美九微微皺起眉頭，露出一臉痛苦的表情。或許是心理作用，感覺她的呼吸似乎也變得急促。
瞬間以為她是否有什麼無法回答琴里的苦衷……不過，士道馬上就改變了念頭。
美九成為精靈是在她對人類感到失望、對世界徹底絕望時的事情。想必她對於要親口說出那時候的事感到猶豫吧。
「美九，妳還好嗎？如果心裡覺得難受，稍微休息一下再——」
「……不，沒關係～」
士道表達關心後，美九隨即搖了搖頭。
「有達令陪在我身邊。我已經決定要坦然接受過去所有的事情，向前邁進。」
「美九……」
士道像是要鼓勵美九般溫柔地拍著她的背。於是，美九點了點頭。
「……是的，妳說的沒錯～距今幾個月前……在我被大家背叛、因心因性失聲症而喪失了聲音、失去活下去的希望時——『神』出現在我的面前～」
美九說完後，琴里的眼神似乎變得銳利了一些。士道也微微皺起眉頭。
然而美九絲毫沒有察覺琴里與士道的模樣，繼續說道：
「『吶，妳想要力量嗎？想不想要足以改變世界的強大力量？』『神』對我這麼說完，就拿出一顆閃閃發光，類似紫色寶石的東西。我伸出手想收下，那顆寶石便溶進我的體內……下一個瞬間，我就擁有魅惑人心、能使別人對我言聽計從的『聲音』了～」

「……原來如此呀。」

琴里板著一張臉低吟，豎起了含在嘴裡的加倍佳糖果棒。

「把妳知道的關於那個『神』的所有事情，全部說給我聽。」

「就算妳說全部，我也……」

美九看似傷腦筋地將眉毛皺成八字形。

「感覺有些不可思議呢～他明明就在那裡，卻像雜訊一般無法辨識容貌，明明有聽到他的聲音，也理解他說話的內容，卻又完全不清楚他是什麼樣的聲音——該怎麼說呢，感覺他的存在本身就像打了馬賽克一樣……」

「……這樣啊。」

琴里輕輕嘆了口氣，如此說道。話雖如此，她看起來卻沒有非常沮喪。想必是早已料到美九會有的反應了吧。

「那麼，我換個問題。妳獲得精靈的力量之後，有沒有過想破壞事物的衝動，或是自我意識遭到侵蝕的情況？」

「想破壞事物的衝動……嗎？沒有呢，印象中好像沒發生這類事情……」

「是嗎……」

琴里皺起眉頭，在手邊的文件上做記錄。

「琴里，那是……」

「沒錯。」士道一開口，琴里便點頭回答：

「我認為發生在我身上的事，搞不好也同樣會發生在美九身上。不過，到底是怎麼回事呢？是因為靈力種類不同導致性質不同嗎？還是個人適應度的問題……又或者是〈幻影〉在我那時候掌握到了賜予人類靈力的訣竅？唉，如果真是這樣，被當成白老鼠的我還真是難以忍受。」

琴里聳了聳肩，憤恨地說了。士道也緊咬牙關，握起拳頭。

〈幻影〉——賜予美九以及琴里靈力，使她們化為精靈的存在。

是精靈？是人類？抑或是其他生物？為何能將人類變成精靈？又是為了什麼目的做出這種事——一切充滿了謎團，如字面上之意，是個如幻影般的「某個東西」。

「唔……」

正當士道陷入沉思的時候，有人突然用力拉了他的手臂一下。朝施力的方向一看，才發現美九正氣呼呼地鼓著臉。

「請不要忽略我，就你們兩個人埋頭苦思啦～～」

「喔喔……抱歉、抱歉。」

士道露出一抹苦笑，琴里也像是念頭一轉，乾咳一聲清了清喉嚨。

「對不起喔。不過妳放心，訊問才剛開始，接下來我會仔細聆聽妳說的每個細節。因為也無法徹底排除〈幻影〉操縱妳記憶的可能性，為了稍微看一下腦波的情況，我要在妳的頭部貼上電極片喔。」

琴里莞爾一笑。美九與她呈現對比，擺出一副厭惡的表情，臉頰流下了汗水。

——結果美九從琴里那裡解脫，已經是四周染上夕陽餘暉之後的事了。

美九被〈佛拉克西納斯〉的傳送裝置傳送到五河家門前，踉踉蹌蹌、軟弱無力地倚靠在士道身上。

「喂……喂喂，妳還好吧？」

「好……好累呀……」

美九說完深深嘆了一口氣。

「……總覺得今天我已經想直接回家，然後立刻鑽進被窩……達令，很抱歉，剛才提到的店，我們下次再去好嗎～～？」

「咦？好，那倒是無所謂啦……」

士道說完，美九便舉起雙手，在胸前十指交扣，表情瞬間變開朗了。

「嗯～真是的！達令真的好溫柔喔～」

然後她維持這個姿勢，將身體貼近士道。

「喂……喂，妳好歹也是個偶像，這樣不好吧……」

士道紅著臉移開視線，美九一瞬間露出目瞪口呆的表情。

沒錯。現在一臉天真無邪地摟住士道的少女誘宵美九，身為一名擁有奇蹟般歌聲的偶像，是個赫赫有名的人物。

由於長期隱藏真面目從事歌手活動，並沒有太多人認得她的臉……但自從上個月開始公開上電視表演，如今她的面貌已經廣為全日本民眾所知。要是展現出這種毫無防備的姿態，恐怕一瞬間就會被拍到緋聞照片了吧。

然而美九彷彿看透了士道的想法，揚起嘴角露出意味深長的笑容。

「呵呵，這種事沒關係的～要是有狗仔躲在暗處偷拍，我會對著鏡頭比出勝利手勢。不管是Friday八卦雜誌還是Sunday都儘管放馬過來吧～」

「……呃，我想Sunday應該是沒關係……」

士道露出苦笑，美九便「呵呵」地微微一笑。

「達令你曾經說過吧～就算沒有人願意聽我唱歌，你一個人也會當我的歌迷。所以……不要緊的～只要有你在，我什麼都不怕。」

「嗯……是啊。」

士道同樣凝視著美九的眼睛，輕輕點了點頭。

或許是看到士道的反應，美九露出滿面笑容，將身體從士道身上移開。

「那麼，我今天該告辭了～期待下次還能再見面，達令～」

「好，下次見。」

「好的～那麼……」

此時，美九的雙手突然摟住士道的脖子，發出「嗯～」的聲音並嘟起嘴唇。

「什麼……！美九，妳妳妳妳這是在幹嘛啊……！」

「咦咦？幹嘛……當然是吻別呀……」

「呃……不是啦，就算再怎麼不怕緋聞纏身，這麼做也太奇怪了吧？」

「不會呀，你還真是害羞呢～沒關係啦～快點～」

「喂……喂，等一下……」

美九的雙手使勁用力，於是士道的臉就這麼愈靠愈近——

「啊！你們兩個在幹什麼！」

右方突然傳來一道宏亮的聲音，嚇得士道抖了一下肩膀。

士道和美九同時朝聲音來源看去。那裡站著一名雙手不停顫抖，眼睛瞪得老大的少女。

如夜色般朦朧的烏黑長髮披散在肩膀和背上，外加一雙美麗的水晶眼瞳。只要看過一眼就絕對不會忘記的絕世美少女。

夜刀神十香——士道的同班同學以及鄰居，同時也是——跟美九一樣，過去被士道封印靈力的精靈。可能因為吃晚餐的時間快到了，所以才到五河家吧。

「十……十香！」

「哎呀～十香。好久不見了呢～」

美九以爽朗的語氣說道。於是，十香拖著沉重的腳步緩緩走向兩人，一把扒開士道與美九。接著像是要保護士道一樣張開雙手，站在兩人中間。

「你沒事吧，士道！可惡的臭美九，我聽說她改過自新了，到底又有什麼企圖！」

十香露出銳利的目光說完，從十香剛剛走過來的方向又傳來了三道新的腳步聲。

「哼，竟然打算對本宮與夕弦的共同財產士道下毒手，好大的狗膽。也罷，本宮就仔仔細細地讓汝了解吾等八舞的恐怖吧！」

「警告。接觸士道時，請在文件上寫下主旨，並向擁有所有權的夕弦和耶俱矢提出申請。」

說完，長相一模一樣的雙胞胎面向美九擺出戰鬥姿勢。

她們兩人分別是頭髮高高紮起、表情顯得好勝為其特徵的耶俱矢，以及綁著長長的三股辮、一臉發呆的神情令人留下深刻印象的夕弦。實際上，只能靠髮型和表情的不同來區分兩人脖子以上的部分……不過，只要將視線稍微往下移，便能以令人絕望的體型差距來辨別兩人。

接下來，從她們的身後傳來細小的聲音。

「我認為在路……路中央做那種事……是不行的……」

如此說完後，戴著帽子遮住眼睛的嬌小少女——四糸乃羞紅了臉。同時，裝戴在她左手上的兔子手偶「四糸奈」嘴巴一開一闔地說：

「吶～～不行喲～～那種方式連四糸乃都還沒嘗試過～～禁止搶先～～」

「四……四糸奈……！」

四糸乃表現出慌張的模樣，堵住「四糸奈」的嘴巴。「四糸奈」表情痛苦地扭動著雙手。

說到這裡，為了讓原本生活在〈佛拉克西納斯〉隔離區好一陣子的四糸乃也能一點一滴逐漸適應普通的生活，從幾天前開始四糸乃便搬到公寓的其中一間房間居住。

八舞姊妹和四糸乃。她們也和十香一樣是精靈——和美九之間也因緣匪淺。

沒錯。上個月，她們曾經遭到顯現天使的美九操控身心。也許是因為這個緣故，她們至今似乎仍對美九抱有些許戒心。

「哎呀！」不過，美九本人卻表現出不太在意的模樣，眼裡閃耀著光芒說著：

「好久不見了呢～～四糸乃還有耶俱矢、夕弦。那個時候真的很抱歉，我一直很想向妳們道歉呢～～」

美九如此說完低頭致歉。也許是對她的反應感到不知所措，只見三人露出困惑的神情，面面相覷。

然而，十香即使看見美九的舉動也沒有解除警戒，依舊站在士道前方。

「所以呢，妳到底有什麼意圖？妳剛才想對士道做什麼！」

「咦？吻別呀？十香平常不會這麼做嗎？」

「吻……吻別？」

十香看似困惑地蹙起眉頭，轉頭看向士道。

「……通常會這麼做嗎？」

十香一臉疑惑地如此問道。要是讓十香在這裡誤會可就糟了。士道用力搖搖頭。

「妳……妳這不是胡說嗎！道別的時候竟然要親吻，這種事——」

「咦咦～不是很棒嗎～～十香妳也試試看如何？」

「什麼……！」

聽到美九若無其事說出這句話，不只士道、十香，甚至連四糸乃和八舞姊妹也屏住了呼吸。

然而，美九卻露出士道他們的反應才令她感到意外的模樣，愣了一下後隨即又像是想到了什麼主意一般，「啪」地拍了一下手。

「對了！我想到一個好點子～～首先由我跟達令接吻。然後，跟達令接吻過的我再跟十香接吻。怎麼樣呀？一舉兩得！是個劃時代的好方法吧！」

「為……為什麼我非得跟妳這傢伙接吻不可呀！」

「咦？因為～我前一刻才跟達令接吻呀～」

「唔……唔嗯。」

「也就表示，十香等於是在跟達令接吻呀～」

「唔……原……原來如此……」

「不是吧，原來如此個什麼勁啊。」

士道如此說著想阻止快被美九說服的十香，十香便恍然大悟般抖了一下肩膀。

「可……可惡的臭美九！妳想騙我吧！」

「我沒有那個意思喲～～……啊！不然這樣好了。我先跟十香接吻，再跟達令接吻～～十香火熱的心意，我會好好傳達給達令喲～～」

「什麼……！」

「嗯～～」

美九在胸前十指交扣，做出如同祈禱般的姿勢後，垂下視線對十香嘟起嘴唇。十香神色慌張地搖搖頭後，當場逃之夭夭。

「啊啊～～為什麼要逃跑呢～～請等一下啦～～」

「不……不要跟過來！」

十香發出哀號般的聲音，便朝四糸乃她們跑去。

「呀……！」

「笨……笨蛋！不要過來這裡！」

「戰慄。我們逃吧，耶倶矢。」

三人一一說完，全都逃開美九身邊。

「啊啊！討厭，事情變成這樣的話，我就跟每個人接吻吧～～！」

「哇啊啊啊啊啊啊啊啊啊啊啊！」

「哈……哈哈……」

看見美九露出打從心底感到開心的表情追著其他人跑，士道無力地苦笑。

該怎麼說呢，感覺她跨越了不和以及嫌隙，輕易便和大家化解了隔閡。

◇

「唔……」

將士道與美九送回地面之後，琴里於〈佛拉克西納斯〉的辦公室內，單手拄著下巴，歸納美九剛才說的話。

展現在琴里眼前的畫面，是將美九的錄音內容建檔成文件的資料。她再次確認內容，編輯成條列式，製作要在圓桌會議上提出的資料。

本來像這類的工作應該是要交給其他機構人員負責的雜務，但唯有關於迷霧重重的〈幻影〉一事，必須由曾經當面見過〈幻影〉的琴里親自處理。

畢竟美九是除了士道與琴里以外，唯一遇見〈幻影〉的少女。只要她說的一字一句當中有可能潛藏揭穿〈幻影〉真面目的情報，就不能交由其他機構人員負責。

「給予美九的紫色靈魂結晶……〈幻影〉到底擁有幾個靈魂結晶……？如果他可以無止盡地創造──」

琴里一邊逐字閱讀文章一邊操縱控制檯，嘴裡喃喃自語。

就在這個瞬間──

「呀！」

突然有個冰冷的東西貼上琴里的臉頰，她因而高聲尖叫。

「到……到底是什麼呀……！」

琴里驚訝地抬頭一看，發現有一名不知何時出現、與琴里年紀相仿的少女正遞出罐裝咖啡站在那裡。

綁成一束馬尾的頭髮，以及左眼下方有一顆哭痣令人印象深刻的少女。眉宇之間散發出來的氣息，總覺得和士道有些相似。

「專心工作是很好啦，不過是不是有點奮鬥過頭了呢？」

少女——崇宮真那說完微微一笑。

「……不用妳說我也知道啦。」

琴里語帶不滿地如此回答後，接下了真那遞出的咖啡。拉開沁涼咖啡的拉環，一口氣將裡面的液體灌入喉嚨裡，微苦的大人風味在舌尖蔓延開來。

「所以，情況如何？有什麼進展嗎？」

「……很遺憾，目前只知道五年前出現在我們兄妹面前的〈幻影〉，應該跟接觸美九的『某個東西』是相同的存在這件事而已——」

話說到一半，琴里突然抽動了一下眉毛。

「……話說，妳為什麼會在這種地方？」

「咦？」

琴里半瞇著雙眼說完，真那便一臉疑惑地歪著頭。

「問我為什麼，我就很正常地從正面的入口進來呀。好了，連我進來這裡都沒發現，代表妳真的累了。稍微休息一下——」

「誰在問妳這個了啊！我不是交待妳要安靜休養嗎！妳的身體本來就夠殘破不堪了，還那麼亂來……！」

琴里「砰」的一聲大拍桌子吶喊。

沒錯。崇宮真那現在雖然受〈拉塔托斯克〉保護，但她過去曾是隸屬於DEM Industry第二執行部的巫師（wizard）。當時她全身被施以魔法處理，因而得到了強大的力量，不過相對的，她的身體付出了慘烈的代價。

「我不是說過了嗎？只要立刻到〈拉塔托斯克〉的專門機構接受治療，或許多少能延長壽命！可是妳卻……！」

「哎……哎呀，話是這麼說沒錯啦。啊……啊哈哈……那麼我差不多該……」

真那臉上浮現尷尬的笑容，急忙打算離開。琴里從椅子上起身，壓制住真那的身體阻止她。

——正確地說，是將臉埋進真那的背後緊緊抱住她。

「琴……琴里？」

「……謝謝妳。如果那時妳沒有待在〈佛拉克西納斯〉，不知道情況會變怎樣。」

「…………」

真那靜靜地轉過頭，溫柔地撫摸琴里的頭。

「彼此彼此吧，妳不也救了我？能早點報答這份恩情，我反倒還鬆了一口氣呢。」

真那說完揚起嘴角淺淺一笑。

琴里輕輕擦拭眼眶泛起的淚水，聳了聳肩，發出「呵呵」的笑聲。

「……該怎麼說呢，妳果然是士道的妹妹呢。讓我有點嫉妒。」

「咦？」

「沒事——不過……」

琴里眉頭深鎖，加重了雙臂的力道，緊緊鉗住真那的身體。

「我很感謝妳做出的舉動。可是，一碼歸一碼。我要妳好好去專門機構充分接受治療。」

「呃，可是妳看，我還得去追〈夢魘(Nightmare)〉才行。除了我，沒人可以當她的對手……」

「狂三的調查確實是緊急要務沒錯，但是妳的身體狀況比她的事更急迫吧……！」

「我……我說啊，琴里。妳可愛的臉蛋露出非常可怕的表情耶……」

真那臉上浮現僵硬的笑容，微微仰起身體。琴里為了不讓真那逃跑，雙手更加使勁用力。

就在此時，琴里辦公桌上的螢幕跳出一個視窗，隨即從擴音器傳來一道聲音。

『——五河司令。總部要求通——訊……！』

顯現在視窗內的〈佛拉克西納斯〉船員椎崎大吃一驚地抖了一下肩膀，宛如看到了什麼不該看的場景。

此時，琴里「啊」地發出叫聲。就如同這邊能夠看到椎崎的臉一樣，椎崎理所當然也能看見這邊的情況。而且，琴里現在正熱情地抱著真那。要是突然被看到這個場面，很有可能招致各種誤會。

琴里急忙放開真那，面向螢幕。

「妳可不要誤會喔！剛才只是因為真那想逃跑，所以我才抓住她——」

「那麼，我去進行〈夢魘〉的追蹤任務了！結果我之後會再通知！」

從琴里的束縛解脫的真那宛如脫兔般拔腿就跑。琴里想再抓住她的後頸而伸出手——卻為時已晚。真那以巧妙的姿勢閃過琴里的手，離開了辦公室。

「啊！這個傢伙……！回來之後要好好接受治療喔！」

「我會考慮考慮！」

真那揮著手說道。同時，辦公室的自動門發出聲響關了起來。

「那孩子真是的……」

琴里胡亂搔了搔頭，坐回椅子面向螢幕。

「……所以是什麼事？總部的消息嗎？」

『啊，是……是的。使用祕密線路要跟司令通訊。可以轉接給您嗎？』

「可以，麻煩了。」

『了解。』

椎崎如此說完，開始操作控制檯。於是，椎崎的臉從螢幕上消失，轉而現出另一位人物的身影。那是琴里曾經見過幾次面，〈拉塔托斯克〉圓桌會議議長艾略特．伍德曼的祕書官之一。

『不好意思，在您百忙之中打擾，五河司令。』

「那倒是無所謂，不過突然聯絡我有什麼事嗎？」

『那個，其實是伍德曼卿他──』

祕書官露出稍顯尷尬的表情繼續說道。

◇

十月十五日，星期日。在街上的裝飾充滿了萬聖節氣氛的時節，士道與十香移動腳步朝商店街前進，準備購買晚餐的食材。

「喔喔……士道，那是什麼？」

十香說著指向裝飾在雜貨小舖屋簷上的巨大南瓜妖怪。

「那個啊，是南瓜燈，把南瓜挖空做成的。不過那不是真正的南瓜，是塑膠製品就是了。」

「南瓜？那個妖怪是橘色的耶！南瓜不是綠色的嗎？」

「喔，日本的南瓜大多是綠色的，不過國外好像有那種顏色的南瓜喔。」

「想不到……如果那麼大，拿來燉、炸和煮成湯似乎也還有剩呢。」

十香看似深感佩服地睜大眼睛，同時「嗯、嗯」地點著頭。

不過，好像聽說過用來製作南瓜燈的南瓜品種基本上是種來觀賞用的，並不太能吃……但也沒必要破壞十香的夢想吧。

「嗯～～那麼機會難得，今天買南瓜回家當晚餐的材料吧。我記得絞肉還有剩，來做燉南瓜拌肉燥或是可樂餅吧。」

「喔喔！」

十香的眼睛閃閃發光，並且猛力揮著雙手。

「嗯，我覺得這個主意非常棒！不過，燉南瓜拌肉燥我還可以理解，但是可樂餅……？可樂餅不是用馬鈴薯做成的嗎？」

「一般是這樣沒錯。不過用南瓜做的也很甜很好吃喔！」

士道說完，十香便像是要想像味道似的閉上眼睛幾秒之後，嚥下一口口水。

「……唔嗯，今天就做可樂餅吧！好了，既然決定了就快點走吧，士道！」

十香說完指向蔬果店，大步朝那裡走去。

「啊，喂，走路要看前面，不然很危——」

士道話還沒說完，十香就撞上從旁走出來的人，一屁股跌坐在地。

「唔！」

「哎呀……」

「啊啊，真是的，我不是早就告訴妳了嗎！來吧，要不要緊？」

「唔……嗯。」

士道扶起十香之後，面向十香剛才不小心撞到的人。

在那裡的是坐在輪椅上年約五十歲的外國男性，以及推著輪椅、年約二十五歲，戴著眼鏡的女性。

「不好意思，我們太不小心了。請問有沒有受傷？好了，十香也快點賠不是。」

「唔……抱歉。我走路沒看前面。」

十香一臉歉意地低頭賠罪。於是，男性臉上浮現出柔和的微笑搖搖頭，說出與他的容貌完全不搭的流利日文。

「不，我們才不好意思。妳沒事吧，小姐？」

「嗯，我沒事。」

「那就好。要是真讓妳這麼可愛的小姐受傷，我可就要下地獄了。」

男性語帶幽默地說了。會順口說出那種台詞，以前鐵定是個花花公子吧。士道暗自在心裡想著「得向他學習才行」……不過，十香並沒有羞紅臉頰，而是一臉目瞪口呆的模樣就是了。

正當士道想著這些時，男性像是突然想起了什麼事一樣，拍了一下手。

「對了，我想請教你一件事。你們知不知道市民醫院在哪裡？」

「醫院……嗎？喔喔，醫院的話，只要往商店街直直走，走到大馬路後左轉，然後在第三個紅綠燈右轉，再一直走下去就能看到了。」

士道說完，男性思索般發出「唔嗯」的聲音側著頭。

「搞不太清楚呢……不好意思，可以請你帶我去嗎？」

士道抓了抓頭。他們等一下還要去買東西……不過，也不是那麼遠的地方，幫這點小事也無妨吧。

「可以啊。往這邊走。」

士道說完，筆直地快速穿過商店街。

「不好意思啊，日本人還真是親切呢。我好感動。」

「不會，這點小事。呃——」

「啊啊，叫我鮑德溫吧。這位是嘉蓮。」

男性——鮑德溫如此說道，並且用大拇指比向推著輪椅的女性。於是，被稱為嘉蓮的女性只說了一句「你們好」之後，便再次沉默了。

淺色的明亮金髮以及碧眼。分明是第一次見面，士道卻沒來由地覺得好像曾在哪裡見過這位

名為嘉蓮的女性。

「怎麼了嗎？」

「啊，沒有……我叫五河士道。」

「我是夜刀神十香。」

士道和十香自我介紹完，鮑德溫便神情愉悅地點了點頭。

「嗯，我得感謝上帝讓我能在異國遇見一對如此優秀的情侶呢。」

「噗……！」

「唔……？」

聽見這句話，士道不由得噴出口水。可能是不明白鮑德溫話中之意，或是覺得士道的反應令人納悶，十香歪了歪頭。

「士道，你怎麼了？」

「我……我們並不是情侶……」

「哎呀，不是嗎？那真是失禮了。」

鮑德溫聳了聳肩。士道則是擦拭額頭滲出的汗水。

不過，十香此時戳了戳士道的背。

「士道，什麼是情侶？」

「咦……！呃，這個嘛……」

正當士道傷透腦筋時，鮑德溫看似興味盎然地將視線投向十香。

「十香。妳跟士道認識多久了？」

「唔？我想想……大概半年左右吧。」

「原來如此，也就是在四月左右吧。在日本剛好是舉辦入學或開學典禮的時節呢。你們是在學校認識的嗎？」

「不是。我跟士道是在空間震的時候——」

「哇！」

士道大喊一聲，打斷十香那一根腸子通到底的發言。

十香似乎也因此發現自己的失誤，愕然睜大雙眼，像是要蒙混過去似的繼續說道：

「不……不是啦。說是空間震，可是……不是我引起的喔，是那個……」

「是……是空間震發生的時候，在避難所認識的！」

「嗯……沒錯！就是這樣！」

士道一這麼說，十香便點點頭表示贊同。

雖然態度稍嫌不自然，不過應該還滿合理的。士道戰戰兢兢地望向鮑德溫。

鮑德溫絲毫沒有露出疑惑的神情，只是微笑看著兩人一搭一唱。看樣子，似乎是順利過關了。士道撫著胸口鬆了一口氣。

不過，鮑德溫的表情卻有一種說不上來的可怕氛圍，彷彿早已察覺兩人的一切。

「這樣啊。那還真是命中注定呢。」

鮑德溫有些感慨地緩緩嘆了一口氣後，繼續說道：

「——十香，妳現在幸福嗎？」

「唔？」

面對突如其來的問題，十香瞪大了雙眼。不過，她並沒有露出特別困惑的表情，而是大大地點了點頭。

「嗯，我非常幸福喔！」

「這樣啊。」

鮑德溫如此說完，臉上泛起溫柔的微笑。

就在這一瞬間——

——嗚嗚嗚嗚嗚嗚嗚嗚嗚嗚嗚嗚嗚嗚嗚嗚嗚嗚嗚嗚嗚嗚嗚嗚嗚——

出乎意料地……

從設置在商店街各處的街頭擴音器傳來震耳欲聾的尖銳警報聲。

「警報……！」

士道高聲喊叫的同時，擴音器開始流瀉出催促避難的廣播聲，周圍的購物人潮也紛紛離去，匆忙地趕往最近的避難所。

然而，士道卻不能隨大家前往避難所避難。

空間震警報響起，也就代表——有精靈出現。必須立刻與〈佛拉克西納斯〉聯絡，請他們以傳送裝置將兩人傳送到艦艇才行。

「那……那個！鮑德溫先生！這裡很危險！請您馬上去避難！」

「好，我會這麼做的。你呢？」

「咦？我……那個，還有一點事情要處理……」

士道語無倫次地回答後，鮑德溫便聳了聳肩笑著說：

「哎呀，我這是明知故問呢。希望我們有幸再相遇——加油吧，精靈就拜託你了。」

「咦……？」

聽見鮑德溫說的話，士道皺起眉頭，喉嚨一陣乾渴。

不過鮑德溫並沒有回答任何一句話，便吩咐嘉蓮推他折返來時的路。

「士道，你在幹什麼？」

「啊，好……」

十香這麼提醒，士道便將視線從鮑德溫和嘉蓮的背影移開，把藏在口袋裡的耳麥戴在右耳，以便與〈佛拉克西納斯〉取得聯繫。

「您接下來要怎麼做呢？五河司令似乎聯絡了您幾次。」

與五河士道、夜刀神十香分開後，推著輪椅的嘉蓮立刻問道。鮑德溫朝她一瞥後面向前方。

「哈哈，讓她擔心了嗎？不過……一旦發生空間震，想必〈佛拉克西納斯〉也很忙吧。總之，先乖乖去避難吧。啊啊，還有，我記得在〈狂戰士(Berserker)〉的時候有捉到DEM的社員。難得來到日本，就讓我稍微跟他談談吧。」

「知道了。我會安排好。」

嘉蓮語氣平淡地說了。而鮑德溫則是輕輕點了點頭。

「——那麼，他們有任何不尋常的地方嗎？」

「就目前看到的情況，應該是沒有。非常穩定。」

「是嗎？那就好。」

鮑德溫「呼」地吐了一口氣。

上個月令「反轉」的精靈顯現出複數天使的少年，五河士道。

鮑德溫當然有接到檢查結果的報告，不過還是直接見上一面才能徹底消除內心的憂慮。

然而，看來他似乎是杞人憂天了。鮑德溫憶起剛才十香雀躍般的聲音，揚起嘴角。

「——還好有來日本。她看起來真的很幸福呢。」

他——艾略特．鮑德溫．伍德曼如此說完，莞爾一笑。

◇

「這……該怎麼說呢，還真是令人毛骨悚然呢……」

士道從〈佛拉克西納斯〉傳送到空間震發生的現場，看見展現在四周的光景，臉頰不禁流下汗水。

波及直徑一公里左右的廣大範圍，猶如徹底進行整地般被鏟成圓形。空間震。被稱為空間的地震，為突發性災害的特徵。

然而，剛才士道所注視的，並非這場災害留下的痕跡。

空間震圓形消失痕跡的外圍南側，林立著十分詭異的建築物。

中斷於半空中的雲霄飛車軌道、失去馬頭的旋轉木馬、龜裂的咖啡杯，以及呈現半毀狀態的鏡子屋。

每一項遊樂設施都生鏽且長滿了青苔，感覺不像是剛才的空間震造成的。

沒錯。士道被傳送裝置傳送而來的地方，就是位於天宮市郊區的遊樂園舊址。

不知道其正式的名稱，鄰近的居民之間也只稱呼它為「妖怪樂園」。據說是三十年前幸免於南關東大空災的設施，不過想當然耳，災害過後來客數銳減——應該說幾乎無人造訪，轉眼間便落得關門大吉的下場。

再加上沒有遭受空間震直接性的毀壞，因此沒有分配到重新開發的補助金，就這樣靜觀接連不斷整修而成的天宮市內直到現在，是個十分哀悽的場所。

而這次空間震的損害範圍，終究也只重疊到遊樂園一部分的用地，生鏽的遊樂設施依舊保留了下來。

時間剛好又落在日暮時分，因此營造出一幅十分詭譎的景象。宛如在遊樂園不過是配角的鬼屋侵蝕整體設施，擴大了它的版圖一樣。

「這氣氛有點太陰森了吧……」

『不要老是抱怨。』

士道露出哀怨的表情嘟噥，裝戴在右耳的耳麥便傳來琴里的聲音。

『現界的精靈已經從空間震發生地點往西邊移動了，ＡＳＴ應該馬上也會抵達現場。在遭到不必要的妨礙之前，快點跟精靈接觸。』

「了解……」

士道輕輕點頭後，便抬起腳步邁向南邊——已化為廢墟的遊樂園方向。

老實說，他不太想進去，不過現在不是說這種話的時候。雖然搶得先機，但想必ＡＳＴ——對抗精靈部隊（Anti Spirit Team）也會馬上趕到現場吧。得在對方來臨之前多少與精靈對話才行。

然而——在廢墟中奔跑的士道突然停下腳步。

「……啊？」

他目瞪口呆地發出聲音，愣在原地。

『喂？你在幹什麼？精靈的反應在更前方——』

語帶疑惑的琴里也在半途止住話語。恐怕是透過自動感應攝影機看見了與士道眼前所見相同的光景吧。

沒錯。從某個定點開始，化為廢墟的遊樂園突然轉變為扭曲的哥德式建築和十字墓碑四處林立、十分怪誕的空間。

「這是……怎……怎麼回事啊？」

像是利用最新ＣＧ製作而成的喜劇恐怖電影，不然就是宛如迷失在視覺系樂團ＰＶ當中的奇妙感覺，令士道不禁捏了捏自己的臉頰。當然……士道的臉頰竄過一陣激烈的疼痛。

「遊樂園的設施是活的……不可能有這種事吧……」

『──是呀。雖然微弱，不過周圍有偵測到靈波反應。詳細情形我不太清楚，但恐怕是跟精靈的能力有關吧。』

似乎恢復冷靜的琴里如此說道。士道眺望著展現於四周的異樣風景，嚥下一口口水。

此時──

「哎呀？」

正當士道一臉困惑地佇立在原地時，上方傳來了這樣的聲音。

士道反射性抬起頭，發現矗立於眼前的教會屋頂上有個奇怪的黑影。

一名女性背對著橘色夕陽，坐在十字架上。

由於背光的關係無法端詳她的表情──但可以清楚看見她戴著一頂富有特色的帽子。

那是一頂帽簷寬大、頂端往下折的圓錐形帽子。

沒錯。那簡直令人聯想到──出現在童話故事中的「魔女」。

「呵呵呵，真稀奇呢，想不到被『拉』到這裡時，竟然會遇見ＡＳＴ以外的人類呀。」

精靈嘻嘻笑著，並從十字架上一躍而下。

然後就這麼懸浮在空中，降落在士道眼前。

那是一名身穿由夕陽般的橙色與夜空般的黑色所構成的靈裝，身材高挑的女性。外表看來大概二十歲出頭吧。細長的四肢與豐滿的上圍，完美的身材比例連寫真模特兒都要自嘆弗如。

宛如集結世上女性所有優點於一身，帶有人工感的美女。一頭美麗有光澤的長髮於寬大的帽簷下展開來，一雙令人誤以為是翡翠的雙眸正饒富興味地凝視著士道。

「哦……？」

精靈打量士道般將臉湊了過來。對方出其不意的舉動令士道不禁抖了一下。

精靈像是覺得士道的反應十分有趣似的，再次嘻嘻訕笑。

「呵呵，你用不著那麼害怕，我又不會吃了你。」

「那……那個，我——」

士道打算回答她時，她便伸出一隻手勾起士道的下巴。

「哦……長得挺可愛的嘛。小弟弟，你怎麼會來這裡呀？我記得我現界的時候，這裡的世界不是有響起警報聲嗎？」

「那……那是因為……」

完全被對方掌控步調的士道正打算回話時，右耳便傳來琴里的聲音。

『士道，看完選項再回答！』

〈佛拉克西納斯〉艦橋的主螢幕上顯示出士道和打扮像魔女的精靈影像，並跳出一個視窗。

那是搭載於〈佛拉克西納斯〉的ＡＩ，因應當下的情況而顯示出選項的視窗。

①「理由只有一個。我是特地來見妳的。」

②「我……我什麼都不知道～～我來不及逃，一回神就在這裡了……」

③「總之，可以先讓我揉妳的胸部嗎？」

「全體人員──開始選擇！」

琴里在艦長席上大喊，艦橋下方坐成一排的船員們便同時操作起手邊的控制檯。

於是，螢幕上立刻顯示出統計結果。

選項①和②的票數不相上下──選項③則是沒有得到任何一票。

「哎……這倒是挺合理的選擇呢。」

琴里晃動著含在嘴裡的加倍佳糖果棒說完，在艦橋下方的中津川便彈了一個響指。

「這裡應該選①吧。在還不曉得對方性情的情況下，標新立異的回答應該會很危險。」

不過，像是要反駁這個論調，這次換箕輪大聲發表言論。

「不對，這裡絕對應該選②才對。中津川身為男人或許不明白，不過士道意外地是那種會引發女人母性本能的類型！照外表看來，這次的精靈是個大姊姊！現在正是將他這份武器發揮到淋漓盡致的時候！」

箕輪發表完熱烈的演說後，椎崎「啊……」的一聲揚起細小的聲音表示贊同。

「原來如此，也不是不能理解啦……不過真意外呢，選項③竟然一票都沒有得到。我本來還以為神無月又會胡鬧一通呢。」

琴里改蹺起另一隻腳，同時回頭看向艦長席的後方。接著便看見一名鼻梁端正的高眺男子正經八百地站在那裡。

「怎麼會，我隨時都很認真。」

「真心話是？」

「微微隆起的胸部才是最棒的，我對那種不懂分寸的胸部沒興趣。」

「…………」

「如果選項是『請讓我舔膝蓋的後面』，我還會稍微煩惱一下。」

「…………」

琴里沉默地勾了勾手指，命令神無月蹲下後，將吃完的加倍佳糖果棒吐向他的眼睛。

「NO————！」

神無月摀著眼睛癱倒在後方。

琴里從糖果夾裡拿出一支新的加倍佳，一邊打開聯繫士道耳麥的麥克風開關。

「——士道，選②。盡量眼睛濕潤、楚楚可憐地仰望著她說。」

「……要……要這樣嗎……」

聽見右耳傳來的指示，士道一臉不情願地皺起眉頭。士道也已經是高中生了，再怎麼樣都不想做出那種孩子般的行為。

「？你怎麼了？」

或許是對士道突然露出不情願的表情而感到疑惑，精靈歪了歪頭。士道擔心間隔太久才回答會引起對方的懷疑，無可奈何之下只好依照琴里的指示，眼神微微朝上凝望著並開啟雙唇：

「那……那個……我……我什麼都不知道～～我來不及逃，一回神就在這裡了……」

「…………！」

士道睜著水汪汪的眼睛如此說著，精靈頓時瞪大了雙眼。

然後臉頰微微染上紅暈，揚起嘴角微笑。

「哦……這樣呀。你叫什麼名字？」

「呃……呃……我叫五河士道。」

「士道呀。呵呵呵，好可愛的名字。」

「請……請問妳是……」

士道詢問她的芳名，精靈便「呵呵」地露出可愛的微笑。

「我是七罪。不過——你們似乎稱呼我為〈魔女〉的樣子。」

「七罪……小姐。」

「呵呵！叫我七罪就可以了喔。也不用那麼多禮，我不喜歡太拘謹。」

「呃……呃……那麼，七罪。」

士道一邊搔著臉頰一邊呼喚她的名字，於是精靈——七罪便露出滿足的模樣，點了點頭。

接著，她「啊」的一聲像是突然想起什麼事情般，捶了一下手心。

「對了。呵呵呵，我之前就想著，下次遇到人的時候要問問看。」

她在原地轉了一圈後，隨即以腳跟「喀」地發出輕快的聲響，並且擺好姿勢，再次將視線投向士道。

「吶，士道。大姊姊我可以問你一件事嗎？」

「咦？好……好啊……請問。」

士道困惑地點點頭，七罪便用一隻手嫵媚地撫摸自己的雙唇，莞爾一笑問道：

「士道，你覺得我……漂亮嗎？」

「咦？」

士道因意想不到的問題而睜圓了雙眼。

當然，若問她漂不漂亮，那自是能毫不猶豫地點頭。無庸置疑。

只是，士道不明白……七罪為何突然提出這個問題，搞不好有什麼內幕或企圖……？一旦思考起這類事情，便令人猶豫該不該輕率地回答。

『士道，你在做什麼呀？要是想太久，搞不好會惹七罪不高興喔。』

感到苦惱的士道耳裡傳來了琴里的聲音。

琴里說的沒錯。士道下定決心，面向七罪開口：

「是……是的……我覺得妳非常漂亮。」

「！果然嗎！」

結果七罪的臉頓時亮了起來，手摸著臉頰一臉開心地扭動著身體。

「吶吶，士道。具體來說呢？大姊姊我是哪裡漂亮？」

「咦？呃……這個嘛，妳的眼睛很細長，鼻梁很挺之類的……」

「嗯、嗯！」

「還有，身材纖瘦高䠷，體態姣好。」

「還有呢、還有呢！」

「而且，頭髮也美麗又有光澤……」

「沒錯！真識貨！士道你真識貨！」

七罪如此大喊便緊緊抱住士道。充滿分量的胸部壓上士道的身體，令他不禁羞紅了臉頰。

七罪沒有察覺到士道的表情，依舊緊抱著他，看似愉悅地哼著歌。

然而——感覺心情很好的哼歌突然停止，不知為何，七罪隨即露出寂寞的表情輕聲說了：

「……『這個我』果然……很漂亮吧……」

「咦？」

士道蹙起眉頭。她說的究竟是什麼意思？

只是，七罪在士道提出這個疑問之前便早一步回過頭看向後方。

「哎呀……？」

「……？」

士道循著七罪的視線看向上方——立刻就發現了那個理由。

因為在夕陽染紅的天空，可以看見好幾個身穿機械盔甲的粗獷身影。

「AST……！」

沒錯。陸上自衛隊對抗精靈部隊。以打倒精靈為目的，與〈拉塔托斯克〉完全相反的組織。

然而，士道卻微微皺起了眉頭。因為在空中以V字型展開的AST隊形中，並沒有看到總是打頭陣的折紙身影。

「士道，你知道AST呀？」

「！啊——」

聽七罪這麼一說，士道吃驚地抖了一下肩膀。搞不好他說了不該說的話。

不過，七罪卻表現出不怎麼在意的模樣，像是稱讚小朋友似的輕撫士道的頭。

「你好博學多聞喔。了不起、了不起。」

「是……是喔……多謝稱讚。」

令人有些亂了方寸的精靈。士道一邊苦笑一邊如此回答。

然而，總不能一直這麼悠閒下去。ＡＳＴ抵達就代表——

『士道！快點逃！』

「……！」

在琴里的嘶吼聲震動右耳鼓膜的同時，空中閃起一道亮光，為數眾多的飛彈朝士道和七罪傾瀉而下。

「嗚……嗚哇……！」

士道不禁大叫出聲，縮起身子。而七罪則是恰恰與士道相反，以一副氣定神閒的模樣「呵呵」微笑，高舉右手大喊：

「——好了，上工囉，〈贗造魔女(Haniel)〉。」

七罪如此說完的瞬間，虛空中出現一把類似掃帚的東西，並飛進七罪的右手。雖說形狀像掃帚，但其尖端彷彿鑲上了金屬或寶石般，閃耀著夢幻的光芒。
應該是——天使。精靈所持有的絕對性武器。
七罪將掃帚轉了一圈後，把柄端插入地面。於是掃帚的頂部一展而開，釋放出猶如夕陽反射的耀眼光芒。
下一瞬間——
「砰！」的一聲，響起了逗趣的聲音。朝士道與七罪逼近而來的好幾枚飛彈全部化成了類似變形胡蘿蔔的形狀。
「什麼……？」
無法理解發生了什麼事，士道露出一臉茫然的表情。胡蘿蔔狀的飛彈撞上地面，發出「BOMB！」宛如搞笑漫畫的滑稽爆炸聲。
「剛……剛才的情況究竟是……」
「你等我一下喔，士道。」
七罪如此說完，便在呆若木雞的士道面前騎上掃帚，耍特技般飛舞在空中。
「……！她來了！射擊！」
AST隊長見狀隨即下達指令。在空中散開的巫師們一齊扣下扳機，朝七罪撒下大量彈藥。
然而，七罪並未表現出特別驚慌的模樣，騎著掃帚隨心所欲地飛在空中，再次展開掃帚尖

端，釋放炫目光芒。呈放射狀展開的光芒逐漸包圍住被射出的飛彈和ＡＳＴ隊員們。

然後，下個瞬間——

「這……這是什麼啊……！」

這次不只飛彈，連受到光芒包圍的ＡＳＴ隊員們的身影也在轉瞬間變成與之前截然不同的模樣——被迫變身為兔子、狗、熊貓等可愛的角色。

「呵呵呵！各位這副模樣比較可愛喔。」

七罪笑著如此說完便在空中迴旋一圈，然後回到士道身邊。模樣變得十分可笑的ＡＳＴ隊員們仍然停留在空中，不過所有人似乎都因為突如其來的事態而陷入混亂，一時之間整個部隊陣腳大亂。

「好了，處理完畢。我想趁現在逃到沒有那些人在的地方……士道你也要一起來嗎？」

「咦……可以嗎？」

「當然——如果你肯再多稱讚大姊姊幾句。」

七罪說完以可愛的姿勢眨了眨眼。

然而——就在此時，某人釋放的胡蘿蔔狀飛彈朝兩人逼近，跟剛才一樣響起逗趣的聲音後爆炸了。

「唔哇……！」

無法與本來的飛彈相提並論的微小威力。不過，或許是因為在極近距離下爆炸的關係，四周捲起了漫天塵埃。沙粒跑進士道的眼裡，令他好一陣子睜不開眼睛。

然後——

「哈……哈……哈啾！」

想必是塵埃惹得鼻子發癢，七罪打了一個大大的噴嚏。

士道透過閉上的眼皮感受到前方亮起一道光芒。沒錯——宛如七罪正在釋放光芒一般。

而當士道感覺到光芒消失之後，眼皮底下的視野又隨即再次染上了明亮。

「嗯……」

士道揉了揉眼睛，好不容易睜開眼皮。

同時，戴在右耳的耳麥傳來表示緊急事態通知的警報聲。

『士道！小心一點！七罪的心情數值正在急速下降！』

「——咦？」

聽見琴里說的話，士道皺起眉頭。此時，覆蓋四周的沙塵散去，得以再次看見七罪的身影。

——七罪不知為何臉滿通紅，神情憤恨地瞪著士道。

「……你看到了吧。」

七罪對士道投以銳利的目光，以與剛剛截然不同的低沉嗓音呻吟般說道。

對於至今態度還很爽朗的七罪突然一百八十度大轉變，士道一臉困惑地皺起眉頭。

「妳說看……看到，是指什麼……」

「少裝蒜了！剛才，我的——我的……！」

七罪話說到一半，咬牙切齒，接著便跨上手裡拿著的掃帚，就這麼飛向天空。

「既然被你看到，就不能輕易放過你……！給我記住。我要終結你的人生……！」

接著，七罪豎起一根手指狠狠指向士道，以飛快的速度消失在天空彼方。

「她逃走了！快追！」

空中傳來AST隊長的聲音。士道往空中一看，AST隊員們已經從剛才滑稽的模樣變回原本的樣貌。她們展開機械羽翼，排好隊形，追著消失在空中的七罪離去。

「到……到底是怎麼回事啊……」

獨自被拋下的士道只能茫然仰望天空。

第二章 十二張照片

Suspect

十月十六日，星期一。
到學校上課的鳶一折紙坐在自己的座位上輕輕嘆息。
「…………」
及肩的頭髮、纖瘦的身軀，以及猶如洋娃娃般面無表情的臉孔。
不過，如果是部分和她深交的人，或許會察覺到她現在的表情微微浮現一股陰鬱之色。
理由很單純。
昨天傍晚，在天宮市近郊偵測到空間震的預兆，於是對四周發布了避難警報。
這也代表——有精靈現界。ＡＳＴ隊員迅速出動，對精靈發動攻擊。
然而，應屬於ＡＳＴ隊員實戰部隊一員的折紙，卻只能隨著警報和大家一起到避難所避難，等待精靈的威脅消失。
焦躁。儘管擁有扣下扳機的力量卻被禁止的煩躁。
那就是令折紙總是平穩的情緒微微起伏的原因。

話雖如此，那也是無可奈何的事。

上個月，折紙未經許可擅自駕駛安置在飛機庫裡的討伐兵裝〈White Lycoris〉，不但攻擊友軍，最後還穿上非正式的裝備，打算對DEM的巫師發動攻擊。

結果在決定處分之前，她處於輕微的禁閉狀態，並且禁止使用AST所有裝備。

當然，這種事態本來應該二話不說給予懲戒，宣判好幾個刑罰。不過，這次事件的內情來自於DEM不可理喻的行動，自衛隊內部也有不少擁護折紙的聲音，因此才延長了決定處分的協議。就這方面而言，折紙可說是再次受到幸運之神的眷顧。

不過，若說折紙是否因此心情感到開朗，倒也沒這回事。

還有另一個不同於上述的理由，令折紙的心情騷然不安。

「士道……」

折紙以誰都聽不見的細小聲音呢喃這個名字，然後朝右方看去。

沒錯。折紙右邊的座位依然空蕩蕩的。

那是折紙最愛的人，五河士道的座位。

離早上的班會還有一點時間。並不能確定士道今天會缺席。

不過……折紙有一件事懸在心頭。

她默默地從位子上站起來，走到士道的座位——更右邊的位子前面。

「唔？」

於是，坐在那個座位上的少女應該是發現了折紙的存在，發出疑惑的聲音並一臉不悅地看向折紙。

「……妳是怎樣，有事嗎？」

少女──夜刀神十香對折紙投以瞪視般的視線，同時如此說道。

折紙懸在心頭的事，就是這名少女的存在。令她感到非常不愉快的是這個女人因為住在士道家附近，所以經常和他一起來學校。

「士道還沒來嗎？」

折紙這麼一問，十香便歪著臉擺出不悅的表情，冷漠地將頭撇向一邊。

「哼！士道說他今天有事會晚點來這件事，我才不告訴妳這種傢伙！」

「…………」

看來士道今天似乎是因為有事所以會晚點來學校。

既然知道實情也沒必要久留，折紙一語不發地回到自己的座位。若不是迫不得已，她本來也沒有理因跟夜刀神十香交談。

可能是對折紙的態度感到不滿，十香朝她吐了吐舌頭。班上的同學們都一臉無奈地目睹這整個過程。

就在此時——

教室的門喀啦一聲打開，一名少年隨後踏進了教室。

中性的五官、看似溫柔的雙眸。沒錯，他就是折紙的戀人，五河士道。

「！喔喔，士道！」

原先怒目瞪向折紙的十香表情瞬間改變，揚起雀躍的聲音，原地站了起來。

接著士道像是察覺到她的舉動似的抽動了一下眉毛，朝她走去。

「來得很早嘛！事情處理完了嗎？」

「是啊，託妳的福。先不談這個了，可以借我一點時間嗎？」

「唔？什麼事？」

十香歪了歪頭。結果士道微微露出溫柔的笑容後，將手上的書包扔在地上，用空無一物的雙手狠狠捏了十香的胸部一把。

「唔……？嗯……」

十香一時反應不過來，露出呆滯的神情——

「你……你你你你你你你你你……你這是在幹嘛啦！」

隨後便漲紅了臉，朝士道揮出拳頭。

「哎呀！」

不過，士道以華麗的動作閃開十香的一擊，彷彿在回味剛才享受到的胸部觸感，十指一收一放地開闔著。

「哇～～好雄偉的胸部啊。真貨揉起來的感覺就是不一樣。」

「什……什麼……」

「下次可以讓我揉一次赤裸的胸部嗎？我會很溫柔的。」

「你……你在說什麼呀！你是在戲弄我嗎！」

十香臉頰紅得像顆番茄似的，雙手摀著胸口，一臉困惑地說了。

或許是聽到兩人的吵鬧聲，在附近桌子旁閒話家常的女子三人組團團圍住士道，對他投以銳利的視線。

她們分別是山吹亞衣、葉櫻麻衣及藤袴美衣，是和十香感情融洽的二年四班三大名女人。

「喂，五河，你突然是在幹嘛啊！」

「你這樣構成犯罪耶！」

「要我拽下你這混帳的命根子嗎！」

三人先後說出責罵士道的話。

然而，士道卻一點也不在意地聳了聳肩，以優雅的舉止牽起近在身旁的亞衣的手，將她壓制在牆上，再用另一隻手勾起她的下巴。

「我知道妳想要吸引我的注意，不過可別大呼小叫的。小心我堵住妳這張嘴喔。」

「咦咦……！」

面對士道突如其來的反擊，亞衣瞪大雙眼，身體變得僵硬。麻衣和美衣可能也被這出乎意料的事態嚇到，甚至忘了阻止士道，只是瞠目結舌說不出一句話。

士道露出無所畏懼的笑容「呵呵」輕笑，依舊維持抬起亞衣臉龐的姿勢，將嘴唇慢慢湊近。

「不……不要……！我已經有岸和田同學了……！」

即使亞衣試圖反抗，士道仍未停止動作。緩緩拉近兩人的距離——亞衣僵著身體，緊緊閉上眼睛。

士道於是露出惡作劇般的微笑，直接將嘴唇靠近亞衣耳邊，「呼～～」地輕輕吹了一口氣。

「呀……呀啊……」

亞衣膝蓋不停顫抖，當場癱軟在地。

此時，麻衣和美衣像是總算回過神來，晃動了一下肩膀。

「亞……亞衣！」

「你這傢伙，竟敢對亞衣！」

說完，兩人露出駭人的表情面向士道。

不過那一瞬間，士道突然壓低身子，隨即用右手和左手分別抓住麻衣和美衣的裙角，就這麼向上一掀。班上的男生們興奮地發出「喔喔喔喔喔喔喔喔喔喔！」的叫聲，於是麻衣和美衣急忙壓住自己的裙子。

「呀啊啊啊啊啊！」

「你……你幹什麼啦！」

「哈哈哈！兩人都穿著很可愛的內褲呢。下次請務必讓我在床上觀賞。」

「什麼……！」

麻衣和美衣聽完羞得滿臉通紅。

士道裝模作樣地豎起兩根手指，說出一句「Adieu（註：法文的再見之意）」後，便輕快地穿過麻衣兩人之間，離開了教室。

「……士道？」

折紙在徒留喧鬧聲的教室裡，微微皺起了眉頭。

◇

「呼啊……」

士道打了一個大哈欠，走在來禪高中的走廊上。

似乎已經響起了表示第四堂課結束的鐘聲，四周可以看見拿著便當移動的女學生，以及朝福利社衝刺的男學生。士道搔著頭，嘟噥似的喃喃自語：

「已經午休了啊……搞到這麼晚呢。」

沒錯。昨天於〈佛拉克西納斯〉召開了緊急對策會議，士道也被迫出席那個會議。這類會議通常會在深夜結束，不過由於這次還不太能掌握到七罪的能力和意圖，再加上她離去時曾經留下要對士道施以某種危害的發言，因此才花了比平常還要久的時間。

雖然姑且小睡了片刻，不過並沒辦法完全消除睡意。士道以手背揉著惺忪的眼睛，再次打了一個呵欠。

然而——爬上樓梯，打開自己教室的門之後，士道頓時睡意全消。

「…………！」

原因在於當士道踏進教室的那一刻，所有學生便一齊將視線投注在他身上。

士道抖了一下肩膀，一臉困惑地環顧四周。

「咦……？怎……怎麼回事？大家是怎麼了啊……」

士道不明所以，臉頰滲出了汗水。聚集在教室角落的亞衣、麻衣、美衣眼神閃過銳利的光芒，迅速地朝士道逼近而來。

「你竟然還敢厚顏無恥地回來呀，五河士道——！」

「你應該知道自己幹了什麼好事吧！」

「我要讓你後悔你天生就感覺得到痛這件事！」

三人說完後，便將士道團團圍住，「嗚嚕嚕嚕嚕……」地發出猶如野狼低吼的聲音。

士道不由自主地縮起身體。他並不是第一次被這三個人破口大罵，不過今天他完全想不到挨罵的原因。倒不如說，聽她們的口吻，彷彿在說士道稍早之前還在這個教室，並且做了什麼壞事一樣。

「等……等一下啦！妳們到底為什麼氣成這樣啊！」

士道像是要安撫怒不可遏的亞衣、麻衣、美衣，張開雙手如此說道。然而不明白她們到底是哪裡不滿意，三人的語氣更加咄咄逼人了。

「就算你想裝蒜到底，我也不會讓你稱心如意！」

「沒錯！有好幾個證人可以做證！」

「你可別說你忘了我身上的櫻吹雪刺青（註：時代劇遠山金四郎，辦案時一定會露出身上的櫻吹雪刺青威嚇犯人認罪）！」

亞衣用右手做出一個粗魯的手勢；麻衣張開手指向教室裡在場的同學；而美衣則是作勢要露出肩膀——結果還是作罷。

不過，就算她們這麼指責士道，他仍然一頭霧水、摸不著頭緒。士道將眉毛皺成八字形，環視周遭，露出求救的眼神。

接著，像是接受到士道的訊息般，從亞衣、麻衣、美衣後方傳來一道熟悉的聲音。

「妳們三個，能讓我說幾句話嗎？」

「！十香！」

士道的臉一亮，呼喚聲音主人的名字。

十香垮著一張臉，穿過亞衣和麻衣的中間，來到士道面前。士道鬆了一口氣後，朝十香開口說道：

「妳救了我呢，十香。她們三個到底是怎麼了啊？我剛剛才到學校耶——」

然而十香卻紅著臉，揍了士道的肚子一拳。

「……你為什麼突然做出那種事？那個，該怎麼說呢……害我嚇一跳。」

「咦……？妳……妳在說什麼啊？十香……？我什麼也——」

「……你說什麼？」

士道老實回答後，十香頓時皺起眉頭，表情慢慢變嚴肅——眼眶含著淚水，不停捶打士道的胸口。

「哇！十香，妳……妳幹嘛啦，很痛耶……」

「吵死了！我看錯你了，士道！就算我退讓個一百步原諒你那種行為，但你竟然不承認你做過的好事，是怎樣！」

「不是嘛，那種行為到底是指什麼啦！」

「……！就……就是……那個，你對我……我的……」

十香吞吞吐吐，原本羞紅的臉變得更加通紅，然後低下頭。

亞衣、麻衣、美衣緊緊摟住十香。

「沒關係！沒關係的，十香！」

「不但否認自己的罪行，最後竟然還想讓受害者回想起當時的情形！」

「你這傢伙，墜入多少層地獄都不夠！」

「不是嘛，我就說了！到底是發生了什麼事啊！」

士道不禁放聲大叫。

就在這一瞬間，士道的右手腕被人緊緊抓住。

「咦？」

轉頭一看，鳶一折紙小姐不知不覺已站在那裡，並以冷靜卻帶有明確意志的目光直直凝視著士道。

「折……折紙？我該不會也對妳做了什麼事情吧……？」

士道戰戰兢兢地問了，折紙便垂下視線，搖了搖頭。

「什麼都沒做。」

「是……是嗎……」

聽見折紙的回答，士道放鬆了原本因緊張而繃緊的右手，吐了一口氣。

不過，折紙卻一語不發地將士道的手狠狠拉進她事先解開的襯衫內，按上自己的胸部。

「啊咕呀！」

士道因突如其來的觸感，感受到自己的喉嚨發出前所未有的聲音。

即使他急忙想抽出手，手腕卻被緊緊抓住，動彈不得！反而愈是試圖抵抗，感覺敏銳的手掌和指尖就愈是傳來溫暖柔嫩的觸感，令士道的腦袋劇烈混亂。

「這……這是在幹什麼呀！」

此時，原本低著頭的十香恢復活力，將士道的手從折紙的手中扒開。

士道連忙抽出重獲自由的右手，吸了一大口氣好讓猛烈跳動的心臟冷靜下來。然而，此時仍殘留折紙的體溫和觸感的右手散發出微微清香，令士道的臉蛋更加通紅。

「折……折紙……？我不是沒對妳做什麼事嗎……？」

士道表情困惑地詢問，折紙便點了點頭。

「沒錯。所以，我要你現在對我做。」

「什……什麼？」

「來吧，把你對大家做過的事情也對我做一遍。把我壓在牆上、勾起下巴；在我的耳邊吹出甜蜜的氣息，慢慢撩起我的裙子。」

「什麼……！」

聽見折紙莫名具體的指示，士道瞪大了眼睛，接著發現亞衣、麻衣、美衣三人一臉害羞地臉頰泛紅。

折紙毫不在意，滔滔不絕地繼續說道：

「然後交換濃厚的深吻，撕開我的衣服，奪去我少女的純潔，在我身上刻下永恆不滅的士道的痕跡。」

「咦！咦咦！」

「鳶一折紙！士道才沒有做出那種事吧！」

士道發出有些悽慘的叫聲後，十香便以一副按捺不住的語氣大聲說道。

不過折紙滿不在乎地一步步逼近士道。

「來吧，士道，動手吧。」

「喂……呃，那個……」

「來吧。」

「對……對不起——————！」

士道不知為何道了歉，當場拔腿就跑。

當然，折紙迅速做出反應打算抓回士道，卻被十香擋住去路，似乎因此發生爭執。

士道趁機狂奔在走廊上，逃到不會立刻被追上的地方。

他一邊擦拭滲出的汗水，一邊調整急促的呼吸。

「大家到底是在說些什麼啊？我明明現在才來上學耶……」

士道說完皺起了眉頭。聽大家的語氣，宛如士道才剛做了什麼壞事一樣。

「嗯……？」

正當士道將手抵在下巴思考著這些事的時候，前方走來兩名熟識的少女。她們是就讀隔壁班的八舞耶俱矢與八舞夕弦兩姊妹。

「喔！耶俱矢、夕弦……妳們——」

話才說到一半，士道便察覺到一件奇怪的事。不知為何，兩人身上穿的並非來禪的制服，而是校方指定的泳裝——學校泳裝。

「……嗯？」

「發現。是士道。」

此時，耶俱矢與夕弦似乎發現了士道，同時抽動了一下眉毛。

接著立刻露出銳利的視線，兩人同時像是要威嚇士道般張開雙手。

「士道，總算找到汝了……！汝竟然還沒逃跑，繼續逗留在校舍裡呀！哼，吾就稱讚汝那股膽量吧！」

「警戒。我不會再大意了。我要你徹底了斷這場紛爭。」

「什麼……！」

士道看見兩人的反應，繃緊身體向後退。要是猜得沒錯，這是……

「妳……妳們該不會要說，我也對妳們做出什麼事吧？」

士道發出顫抖的聲音問道，耶俱矢和夕弦便一臉困惑地皺起眉頭。

「士道，汝這傢伙打算裝傻嗎！少囉嗦，快把剛才汝搶走的吾的內褲還來！」

「氣憤。說出『我其實超迷戀透出的內衣』，然後對夕弦潑水的人是誰！」

「噫……噫噫！」

又被告知莫須有的罪名，士道眼睛瞪得老大。

「不知道汝究竟在想些什麼，真是一點都大意不得的可惡傢伙！」

「同意。找不到替換的運動服真是急死我了，幸好我把裝泳衣的包包放在學校。」

「我……我沒有做那種事——」

「汝還想裝無辜嗎！不過這招沒用！那確實是士道沒錯！吾等不可能認錯士道的臉！」

「同意。正是如此。愛士道愛過頭的耶俱矢不可能會看錯。」

「妳在說什麼呀，夕弦！還敢說我，妳自己還不是一樣……！」

「無視。我不知道妳在說什麼。」

八舞姊妹之後爭吵了一陣子，不過隨後又像是回過神般甩了甩頭，再次面向士道。

「總之！本宮非得討回公道！小看本八舞的罪孽，本宮要汝用身體償還！說得具體一點就是，士道！本宮要脫掉汝的內褲！」

「呼應。不僅如此，夕弦還要用噴水瓶噴得士道全身濕淋淋的。」

八舞姊妹說完一步步縮短與士道之間的距離。

「別……別開玩笑了……！」

因為做都沒做過的罪行而遭報復，怎麼嚥得下這口氣。士道轉身想要逃跑。

然而，此時那條生路的後方又傳來了熟悉的聲音。

「五河同學……！」

發出聲音的是一名身材嬌小、戴著眼鏡的女性。雖然外表看起來很年輕，但從她沒有穿著制服這一點可以判斷她並非學生。她是士道的班導——岡峰珠惠，通稱小珠。

「小……小珠……不對，岡峰老師。」

士道隨即修正不小心脫口而出的暱稱，叫了她的名字後，小珠老師便踏著沉重的腳步朝士道走來，然後一把抓住他的襯衫下襬。

「老師，妳……妳怎麼了……」

士道內心感受到一股不祥的預感詢問後，小珠老師便露出泫然欲泣的表情，訴苦般說了：

「對我做……做出那種事，你還在說什麼鬼話啊……！我……我嫁不出去了……我絕對要你好好負起責任！」

「咦……咦咦！」

雖然早就抱持某種程度的覺悟，不過這也太超出自己所能承受的範圍了。士道抖了一下肩膀，向後退了一步。

接著，這次換走廊的轉角出現了一名少年——看到士道的瞬間立刻發出「噫！」的一聲，聽來似乎十分害怕。

那是士道的朋友，殿町宏人。抹上髮蠟固定住的頭髮，以及看似勇猛的外貌，體格也比士道來得健壯。可是不知為何，他卻以猶如少女的姿勢抱著肩膀，牙根還不停打顫。

「殿……殿町……？」

士道不解地說了，殿町便像隻吉娃娃般全身顫抖。

「五河……『同學』，那個啊……我常常愛開玩笑，可能讓你有所誤解……但是我並沒有那方面的興趣……」

「你到底受到了什麼樣的對待啊！」

士道不禁出聲大叫。可能被這吼叫聲嚇到，殿町像烏龜一樣縮起了頭。

「唔……！」

士道一頭霧水，但即使辯解，對方也聽不下去吧。總之，待在這裡十分不妙。士道左顧右盼尋找活路。

就在這個時候——

「咦……？」

士道看向走廊遠方的瞬間，感覺全身猛然冒起雞皮疙瘩。

透過窗戶灑下陽光的T字路口站著一名少年。

纖瘦的身軀，以及帶點中性的臉孔。剎那間，一股似曾相識卻又感到陌生的奇特感覺朝士道襲來。

不過，士道立刻……

發現他是「每天早上在鏡中看見的人物」。

沒錯。雖然十分令人難以置信……不過，五河士道就站在那裡。

「…………」

「另一個士道」往士道的方向瞥了一眼，立刻揚起嘴角露出邪獰的笑容，一邊輕輕揮著手在走廊上漸行漸遠。

簡直像在挑釁士道一樣。

「等……等一下……！你到底是什麼人啊……！」

士道放聲大喊，打算追上「另一個士道」而在腳上施加力量。

卻敵不過八舞姊妹的瞬間爆發力。士道的右手被耶俱矢、左手則被夕弦抓住，停下了腳步。

「呵呵，汝以為本宮會放過汝嗎？死心吧，士道！為汝的罪行感到懊悔吧！」

「束縛。不讓你逃走。好了，讓我噴濕你身上每個角落吧。」

「等……！等一下！剛才我在走廊另一頭……！」

這樣下去會追丟「另一個士道」。士道下定決心，兩隻手臂用力。

「啊！知道了啦！我會順從妳們啦！」

士道有些自暴自棄地大喊，壓制住士道兩隻手臂的八舞姊妹便看似滿足地點點頭。

「呵呵，是嗎？那就好。吾等八舞受到那樣的屈辱，本宮要汝接受對等的制裁！」

「同意。一開始乖乖就範不就好了。」

耶俱矢與夕弦放開士道的手臂。她們老實地相信了士道說的話——不過內心也盤算著假如士道想要逃跑，也能輕易地再度抓住他。

事實上，士道這麼做是正確的。雖說封印住了力量，但八舞姊妹原本就是操縱風的精靈，士道絕對比不上她們的瞬間爆發力。要從她們身邊逃跑，想必十分困難吧。

沒錯……如果不巧妙地趁隙脫逃——

「是啊，我放棄了。妳說內褲是吧！我脫總行了吧！」

士道如此說完便用重獲自由的雙手「喀恰喀恰」地解起自己的皮帶。

「……！」

面對士道突如其來的舉動，耶俱矢、夕弦以及小珠老師都抖了一下身體，有些反射性地用手摀住自己的臉。順帶一提，殿町則是臉色發青地沿著牆壁逃之夭夭了。

無論如何，這都是一個好時機。士道趁著大家摀住臉的空檔，提起腳步追著「另一個士道」奔跑而去。

他跑到走廊深處，轉往「另一個士道」消失的方向。接著便看到前方出現剛才看見的「另一個士道」的背影。

「！那傢伙……！」

士道緊咬牙根，追著那個背影加快了奔跑的速度。

然後，不知跑了多久。

士道猶如受到「另一個士道」引導一般，在校內東奔西跑——最後來到了屋頂的門前。

「呼！呼……你應該……已經……無路可逃了……」

士道將手放在胸口調整急促的呼吸，大口深呼吸。

接著握住門把，一口氣打開門。昏暗的視野瞬間被寬闊的藍天侵蝕。

不過，現在不是在意這種事情的時候了。士道踏進屋頂，視線環掃被欄杆包圍住的區域每一個角落。

「嗨，你比我預料的還要早到嘛。」

「……！」

背後傳來這樣的聲音，令士道頓時身體一僵。

他連忙轉過頭看向聲音來源，於是看到了長相跟士道如出一轍的少年悠然坐在剛才士道走出的屋突上。

「你……果然是我……！」

士道皺起眉頭，表情不悅地狠瞪著「另一個士道」。

在極近距離下照面，已經沒辦法用看錯這個詞帶過。宛如從鏡中世界走出來，與士道一模一樣的人就待在那裡。

「呵呵……」

「另一個士道」嘻嘻嗤笑後，便從屋突上一躍而下，降落在士道面前。

士道再次看向那個身影，感到混亂的同時確定了一件事。

沒錯。剛才十香、女同學三人組、折紙、八舞姊妹以及小珠老師和殿町，好幾個人異口同聲控訴士道莫須有的惡行。

恐怕全都是如今站在士道眼前的「另一個士道」所幹下的好事。

「你猜想的沒錯。你不在的期間，我可是嚐遍了各種甜頭呢。」

或許是透過士道的表情察覺到他的想法，「另一個士道」彎起嘴唇。聲音，甚至連動作都與士道別無二致。他每說一句話，就有令人作嘔的莫名情緒縈繞在士道心頭。

「你……到底是什麼人？為什麼長得跟我一模一樣？另外，你到底是基於什麼樣的目的做出那種事……！」

士道謹慎地瞪著他說完，「另一個士道」便像是按捺不住笑意似的嗤嗤悶笑。

「有……有什麼好笑的！」

「呵呵……當然好笑呀。因為，你竟然還沒發現嘛，『士道真是的』。」

「什麼……」

士道屏住呼吸，瞪大眼睛。

「另一個士道」說出的話語後半段跟士道的嗓音截然不同，是一名女性的聲音。

那聲音似乎在哪裡……而且還是最近才聽過。

「剛才的聲音……難不成妳是──七罪……？」

沒錯。那個聲音無庸置疑是昨天士道邂逅的精靈──七罪的嗓音。

於是「另一個士道」露出妖媚的笑容，用單手手指做出一個圓圈的手勢。
「叮咚！答對了。表現得真好，了不起、了不起。」
「妳這副模樣是怎……怎麼回事啊……」
雖然士道嘴上這麼問，腦海裡卻清晰浮現昨天目睹的光景。
七罪顯現出的天使〈贗造魔女〉。被它前端發出的光芒照射到的飛彈和ＡＳＴ隊員，全都化為別的樣貌。
——將物體變化為其他東西的能力。如果那個能力也能應用在自己身上，那就不難理解如今她為何是這副模樣。
不過就算理解這件事，士道仍有不明白的地方。他露出嚴肅的表情繼續說道：
「妳到底有什麼目的？變成跟我一模一樣，對大家做出那種壞事……！」
士道說完，露出愉悅神情笑著的「另一個士道」——七罪突然冷眼狠狠回瞪士道。
「……你真的不知道嗎？」
「知……知道什麼……」
七罪銳利的視線貫穿士道的身體，令他感受到一股彷彿心臟緊縮的錯覺。
然後，腦海裡同時想起昨天七罪離去時留下的話語。
（——既然被你看到，就不能輕易放過你……！給我記住，我要終結你的人生……！）

「啊——」

士道恍然大悟地抖了一下肩膀，吞了一口口水。

「妳該……該不會……是要來終結我的人生……？」

「——二十分。」

士道語帶顫抖地說完，七罪便半瞇著眼睛回答。

「咦……？」

「我說過了吧？既然你知道了我的祕密，我就不會輕易放過你。你以為小小找你的碴就能消除我的心頭之恨嗎？別開玩笑了。我要把你毀得亂七八糟、一塌糊塗、東倒西歪……！」

「等……等一下，妳的祕密，我根本什麼都——」

士道半瞇著眼打算解釋之際，七罪便像是要阻止他說話般，用腳跟「喀！」地狠狠蹬了地面一下。

「——看吧～所以才很危險呀。知道我祕密的人，不可以存活在這個世界上。」

「……！」

士道被七罪駭人的表情和非比尋常的魄力給震懾住，不由自主地退了一步。

然而，七罪並不以為意，臉上浮現猙獰的笑容，用手指著士道。

「不過，你放心。因為你看，這裡有兩個士道嘛，對吧？竟然有兩個一模一樣的人，也未免太奇怪了吧？必須減為一個人才行吧？」

「減為一人……妳該不會要……！」

士道一臉驚愕。七罪臉上依舊保持笑容，悠然點了點頭。

「『從今天開始由我來當士道。從今天開始由我來扮演士道』。你什麼都不用擔心，我的觀察力完美無缺，也已經事先調查好你和你周遭人物之間的關係。我不會再做出像剛才那種戲弄別人的舉動。就算你消失，肯定也不會有任何人發現；就算你消失，世界依然會持續轉動。」

七罪以演歌劇般的姿態繼續說道：

「——呵呵，放心吧，我不會殺了你。只不過，要送你去一個和這裡截然不同的地方，免得你妨礙我。」

「別……別開玩笑了！那種事情——」

就在士道忍不住想大聲咆哮的時候——

「砰！」一聲，通往屋頂的門猛然被人打開，露出了兩名少女的臉。

——是十香和折紙。

「煩耶，妳這傢伙去別的地方啦！士道由我來找就好！」

「這句話是我要說的。不能交給妳這種人，妳應該快點回教室。」

看樣子她們兩人正在尋找士道。兩人互相瞪著對方，推來推去地來到屋頂。

就在此時，兩人或許是發現屋頂上已有別人先到了，只見她們同時停下動作，露出彷彿看見什麼不可置信的景象一般的表情，將眼睛睜得圓滾滾的。

「有……有兩個……士道？」

「……這是怎麼回事？」

十香和折紙一臉不解地皺著眉頭，來回望著士道與七罪的臉。哎，這也是理所當然的吧，畢竟有兩個長相一模一樣的人。

不過就某種意義而言，這也是一個大好機會。既然目睹有兩個士道存在的決定性場面，應該就能讓她們理解對大家搗蛋做壞事的並不是真正的士道。

「十香、折紙！聽我說，這傢伙是──」

「這傢伙是冒牌貨！變成我的樣子，對大家惡作劇的是這個傢伙啊！」

然而，七罪卻像是要打斷士道說話一般，大聲說道。

當然──與剛才的聲音截然不同，她精準重現了士道的聲音。

「什麼……！妳們兩個不……不要被她騙了！真正的士道是我！」

「你在說什麼蠢話！我才是真正的士道！」

士道和七罪以相同的聲音、相同的語氣說完，十香和折紙微微皺起了眉頭。看來她們正因為不知道誰才是真正的士道而感到困惑不已。

然而，士道唯一能做的就只有拚命喊冤這個方法。他面對兩人，發出更大的音量訴說：

「十香、折紙，相信我……！我才是真正的五河士道！」

「不可以被他騙了！求求妳們——相信我！」

七罪也一個勁地出聲懇求。那副模樣，連士道本人看來也覺得唯妙唯肖。

「唔……這表示兩人之中有一個是冒牌貨吧。既然如此——」

「真是難以理解的狀況。不過——」

十香和折紙比較士道和七罪一會兒後，各自豎起食指——

「你這傢伙是冒牌貨。」

「你就是冒牌貨。」

兩人幾乎同時狠狠指向——七罪變身而成的冒牌士道。

「什麼……！」

七罪露出驚愕的神情，想必是沒料想到她們竟會如此毫不猶豫地判別出真偽吧。

「妳們兩個在說……說什麼啊？我是——」

即使七罪死皮賴臉地繼續狡辯，十香和折紙似乎也不打算改變她們的心意。兩人搖搖頭，走近士道。

此時七罪才終於死心了。她以憎恨不已的視線狠狠瞪著士道、十香與折紙。

「……妳們為什麼會知道？我應該變身得很完美才對。就算是瞎猜矇中，也該有百分之五十的機率。可是妳們為什麼那麼自信滿滿地指向我？」

七罪如此問道。十香和折紙對看一瞬，然後先後開口回答：

「就算妳問我為什麼，我也說不上來……總之就是感覺得出來。妳確實長得跟士道一模一樣，不過跟本人站在一起，總覺得味道有點不一樣。就只是這樣。」

「如果只有妳一個人站在這裡，我可能早就被妳唬得一愣一愣的。而實際上，到剛才為止我都還誤以為妳就是真正的士道。不過，若是在有兩個士道，要我猜哪一個才是本尊的情況下，事情又另當別論了。妳眨眼的速度比士道本人快了〇．〇五秒左右，身體的重心也比士道向左傾斜大約〇．二度。我不可能弄錯。」

十香憑直覺，而折紙則滔滔不絕地說著。化身為士道的七罪露出難以置信的表情看著兩人。

「這兩個孩子是……是怎樣……是怎樣啦！簡直有毛病……！」

「……呃，那個嘛，哎……」

七罪渾身顫抖地說完，士道回答得含糊其辭。

兩人立刻就猜中了冒牌貨。當然應該要感謝兩人才對……不過也不是不明白七罪感到驚訝的心情。

七罪憤恨地咬牙切齒，然後倏地高舉右手。

於是虛空中隨即出現掃帚形狀的天使，七罪才剛握住它，掃帚前端便呈放射狀展開，猶如反射陽光似的釋放出光芒。

下一個瞬間，七罪身上發出淡淡亮光——搖身一變，化為昨天士道見到的那個高䠷美女。

「什麼……！」

「…………！」

十香和折紙驚愕地瞪大雙眼，接著壓低身子並單腳後退一步，打算保護士道。

然而，七罪絲毫不在乎兩人的反應，一臉懊悔地咬牙切齒，胡亂搔了搔頭。

「不可能……不可能……不可能——！」

「什麼……」

「不僅祕密曝了光，我完美的變身還遭人識破嗎……？騙人……這種事不可能發生！我絕對……絕對不會承認……！」

七罪深惡痛絕地高聲吶喊後，狠狠指向士道等人。

「我不會就此善罷干休……！一定要讓你們好看……！」

以充滿敵意的視線看向士道他們如此說完，便輕快地坐上掃帚的長柄，朝屋頂的地面一蹬，飛向空中。

「啊——喂……喂！」

士道急忙放聲呼喊，緊追在後——但為時已晚。七罪連瞧都不瞧士道一眼，身影就這麼愈來愈小。

「唔……」

明明必須提升七罪的好感度，封印她的靈力才行，結果一點進展也沒有就結束了。

話雖如此，士道並沒有料想到竟會發生這種事。對方突然以士道的模樣現身，還企圖取代他的存在。事情再離譜也該有個限度吧。包含以後的事在內，得再跟琴里報告不可。

不過，看來現在似乎得先處理別的事才行。

「士道！」

「士道。」

在七罪的身影完全消失之前，原本不敢大意地看向上方的十香和折紙兩人同時呼喚士道，轉過頭來。

「妳們兩個叫我幹……幹嘛？」

士道隱約察覺到兩人接下來要問什麼，緊張到連回答的聲音都高了八度。

「那傢伙到底是什麼人呀？」

「那個女人是誰？你跟她是什麼關係？」

兩人提出的疑問跟士道猜測的八九不離十。

士道臉部僵硬，絞盡腦汁思考著有沒有辦法含糊帶過七罪的事，解釋剛才的狀況。

◇

DEM Industry英國總公司辦公大樓。

位於二十樓的會議室現在聚集了好幾個男人。

這些男人全都是這間DEM公司的董事。所有人坐在巨大的橢圓形桌子前，面有難色地翻閱放在手邊的文件。

不過這也難怪。

所有人應該已經收到各方傳來的報告，而且排在手邊的資料也詳細記載了事情的來龍去脈。

——DEM公司執行董事艾薩克．威斯考特在日本刻意不當行使權力，結果招致DEM日本分公司以及其附屬的各個設施陷入半毀狀態。

而且，不僅讓好幾名重要的巫師死傷，還在眾目睽睽之下大方展現祕密技術顯現裝置。要是有人看到這一連串的報告書還能面不改色，不如馬上辭掉工作轉行當個賭徒算了。

話雖如此，也不是全部的人都愁眉不展。

位於房間最深處的椅子，有一名男子悠然坐在那裡。

他是一名身穿漆黑西裝，年約三十五歲的年輕男子。深灰色劉海的隙縫間露出一雙幽暗的陰森眼瞳，遠眺著整個會議室。

艾薩克・雷・貝拉姆・威斯考特。他正是目前大家討論的人物，DEM公司的MD（Managing Director）。

「你究竟……在想些什麼啊！威斯考特先生！」

一名董事微微顫抖著雙手，拿起放在手邊的文件狠狠往桌上一摔，破口大罵。那是一名戴著眼鏡、四十歲左右的男子。雖然在董事會中算年輕人，看起來仍舊比威斯考特年長。

他對待MD的態度粗暴，現場沒有人提出規勸。大家心裡都想著同樣一件事，只是程度上的差別而已。

不過，坐在房間最裡頭位子上的當事人威斯考特望著這幅情景，也沒有露出特別慌亂的模樣，只是微微聳了聳肩。

「我不明白你問這話是什麼意思呢，梅鐸。」

「少裝蒜了！」

威斯考特說完，梅鐸立刻抓起剛才扔在桌上的資料，舉到自己眼前展示給他看。

「對自衛隊的不當干涉、私自利用巫師和裝備、下令會危害到一般民眾的襲擊作戰，再加上把商業區一角化為戰場……！損失金額隨便估算也超過十億英磅……！還被日本政府抓住這麼大一個把柄！你究竟打算怎麼收拾這個殘局！」

「不成問題。我得到了相對應的收穫。」

「收穫……？到底是什麼收穫？」

梅鐸說完，威斯考特便揚起嘴角。

「——感到高興吧。我成功讓〈公主〉(Princess)反轉了。」

「…………！」

聽見威斯考特一臉心滿意足說出的話，梅鐸以及其他董事會的董事們各個驚訝地瞪大雙眼。

「你是在開玩笑嗎……！希望你搞清楚狀況！要是走錯一步，有可能會發展成攸關DEM公司存亡的事態喔！你說精靈怎樣？精靈到底可以怎麼挽救我們公司的窘境！我們已經沒有那種美國時間陪你玩遊戲跟自我滿足了！」

「……哦？」

梅鐸滿臉憤怒地咆哮。至今臉上始終掛著一抹冰冷微笑的威斯考特微微抽動了一下眉毛。

然而，梅鐸沒有察覺到他的表情變化，看向並坐在會議室裡的董事們說：

「我也要問問你們！你們能夠容許他再這樣恣意妄為下去嗎！要是再繼續捅出這種紕漏，DEM Industry在不久的將來肯定會分崩離析！在淪落到那種地步之前，難道不應該執行適當的處置嗎！」

「適當的處置……是指？」

聽見梅鐸的發言，坐在他對面的男子揚聲說道。梅鐸裝模作樣地張開雙手，宛如宣言一般高聲說道：

「我！現在在這裡，要求威斯考特解任ＭＤ一職！」

「——！」

梅鐸如此說完的瞬間，董事會的各個董事們全都抽動了一下眉毛。雖然也有人因為突如其來的解任要求而露出訝異的表情——不過，超過半數的人都表現出一副彷彿老早就知道事情會如此發展的模樣。

梅鐸看著眼下這種情況，一臉滿足地點點頭後，隨即望向坐在威斯考特旁邊的老人。

「好了，羅素議長，請表決。」

梅鐸說完，像是在催促般點頭示意。

在英國的公司並不准許執行董事兼任董事會主席，也就表示至少在名目上，董事會需要一名威斯考特以外的代表。那就是這位議長——羅素老。

「……你同意嗎？先生？」

羅素一臉為難地朝威斯考特投以視線。

然而，威斯考特滿不在乎，悠然點了點頭。

「當然。那是授予董事會正當的權利。」

「……」

羅素聽見威斯考特的回答，垂下視線後，彷彿察覺到某件事般「呼」地吐了一口氣，接著大聲說道：

「那麼，開始表決。贊成解任威斯考特ＭＤ一職的人請舉手。」

羅素如此說完，梅鐸立刻高高舉起右手。

接著，並排坐著的董事們陸續舉起手追隨其後。

超過半數。大多是年輕董事投的票。

這情況擺明不尋常。

這次威斯考特的行為確實引起了非常大的風波，平常看不慣他那種目中無人態度的人也不在少數。可是，實在難以想像在這麼突然的決議下，會有超過半數的人贊同梅鐸的提議。

威斯考特望向梅鐸。梅鐸從鼻間哼了口氣，並露出嘲諷似的笑容。恐怕——在威斯考特回來英國之前，他就已經暗中動好手腳了吧。

看著這種情況，羅素環視整個會議室彷彿在清點舉起手的董事人數，然後靜靜地發言：

「——由於沒有人舉手，要求威斯考特解任ＭＤ一職的提議無效。」

「你說什麼？」

聽見羅素說的話，梅鐸皺起眉頭。

「這種時候就不要開玩笑了，羅素先生。你也有身為議長的自尊吧。還是說，你終於老眼昏花，看不到舉手的人了嗎？」

「不是。我只是就我看到的情形說出結果罷了。」

「……什麼？」

梅鐸納悶地說完，朝上方看去——發出「噫！」的驚叫聲，屏住氣息。

舉起手的董事們也紛紛跟梅鐸一樣，表情因痛苦而扭曲。

不過這也是理所當然的事。

畢竟他們原先高高舉起的下臂消失得無影無蹤。

「嗚、啊、啊……啊啊啊啊啊啊啊啊啊啊啊啊啊啊啊啊啊！」

猶如看見這個畫面才感覺到痛楚一般，梅鐸發出淒厲的尖叫，當場癱軟在地。平滑的切面配合他的叫聲，噴出大量鮮血。

——會議室轉眼間化為悲慘的阿鼻地獄。

不過在這幅景象之中，有一道沉著的聲音從威斯考特的後方響起。

「——玩遊戲？自我滿足？只不過在艾克創立DEM公司後才掛名的人，少說得一副有多了解的樣子。」

如此說完後向前踏出一步的是和這個地方完全不搭調，將明亮的淺色金髮高高盤起的少女。

她其中一隻手裡握著一把小小的——如小型菜刀大小的雷射光刃。

沒有穿上接線套裝就能讓雷射光刃現出刀刃這件事本身已經夠異常了，又能將刀刃幻化為如絲線般又細又長，在一瞬間砍下董事們的手臂——便能輕易明白她的力量有多強大。

艾蓮・M・梅瑟斯。不僅是等同於DEM暗中執行力的第二執行部部長，同時也是世界最強的巫師。

「別這麼說嘛，艾蓮。他只不過是極其正當地利用他身處的環境，行使自己被授予的權利罷了啊。」

「可是……」

艾蓮打算追究下去，不過威斯考特制止了她，慢慢從椅子上站起來。

「醫務室已經準備好了醫療用顯現裝置，只要馬上把手臂接上去，過幾天應該就能恢復原狀了吧。快去吧，你們是背負DEM未來的優秀人才。難道不覺得因為這種小事喪失一隻手臂是很愚蠢的事嗎？」

「……你這傢伙……！」

梅鐸說話甚至不顧禮儀，狠狠瞪著威斯考特。

不過，威斯考特一點兒也不在意他投來的目光，微微聳了聳肩。

「你毋須擔心，只要我『遊戲』玩夠了，也充分達到『自我滿足』的目的，自然會把這間公司讓給你們。跟『我們』以往等待的漫長時間相比，這時機很快就會到來。」

威斯考特如此說完，靜靜地笑了。

◇

「啊……」

士道嘟噥著發出聲音，將腳隨意靠在沙發扶手上。

十月二十一日，星期六。自從七罪變身為士道出現在學校後，很快地五天就要過去了。

可是自從那天以來，七罪就再也沒有現身在士道面前。而且，只要沒有發生空間震，〈佛拉克西納斯〉的觀測裝置也感應不到她的行蹤。

「……像這樣風平浪靜，反而怪不舒服的。」

士道躺在自家客廳的沙發上，手放在額頭上嘆了一口氣。

就在士道望著天花板想著這種事的時候，肚子一帶突然感到一個物體重重地壓上來。

「唔咕……什……什麼東西……？」

突如其來的負荷令士道皺起臉孔，往肚子的方向看去。

結果發現妹妹琴里一臉若無其事地坐在上頭。

「……喂，琴里。」

士道說完，琴里便晃動嘴裡含著的加倍佳糖果棒，露出唯我獨尊的笑容看向士道。

「哎呀，因為你太沒精神了，我還以為是珍奇的人皮沙發呢。」

「我們家才沒有像艾德．蓋恩（註：美國連續殺人狂，曾用受害者的屍體製成家具和手工藝品）那種嗜好的家具咧。」

士道半瞇著眼說完，琴里便在他的肚子上施加體重，利用反作用力當場站了起來。

「咕耶！」

「哎呀，我撞到你的蛋蛋了嗎？」

琴里笑著聳了聳肩。

「我說妳啊……」

士道搓著肚子，慢慢坐起身來。

「哼！誰教你明明被精靈盯上，還鬆懈成這副德性。不知道對方會設下什麼陷阱耶。你皮給我繃緊一點。」

「唔……」

被她這麼一教訓，士道一句話也無法反駁，咬著嘴唇不吭一聲。

「雖然不知道那個精靈——七罪有什麼盤算，不過很難想像她會什麼事都不做，就這樣不了了之。她一定會用某種方法來接近你。而且，既然我們沒辦法主動跟她接觸，就必須在那個時間點確實提升她的好感度才行。這件事你應該非常清楚吧？」

「我……我知道道啦！」

「難說喔。」

士道如此回答，琴里便一臉無奈地聳了聳肩。

不過，琴里說的沒錯。

士道和琴里他們〈拉塔托斯克〉的目的並非打倒精靈，而是和平地封印住她們的能力，讓她們過著安穩的生活。

所以像這次一樣，基於某種理由而引發精靈的敵意，本來是絕對必須避免的事情。

而且，士道甚至不明白自己為何會被七罪視為眼中釘。首先必須利用七罪主動跟自己接觸這一點，將計就計找出原因才行。問題簡直堆積如山。

可能是看見了士道的表情，琴里從鼻間哼了一聲，高舉手上拿著的信封。

「你終於露出緊張的表情啦。你看這個，早上在信箱裡發現的。」

「咦？」

士道一臉疑惑地歪著頭，接下那個信封。拿在手中後，不知裡面到底裝了些什麼，意外地又厚又重。

那是一個白色的橫式信封，正面只寫上「五河士道先生」這幾個字。既沒有填上住址和郵遞區號，也沒有貼郵票。想必是直接投進五河家的信箱裡吧。

「這是……信？」

「是呀。是情書喔——七罪寄來的。」

「什麼……！」

聽見琴里口中說出的名字，士道瞪大了雙眼，急忙翻過信封察看背面。

非常謹慎地用蠟封起來，下面確實寫著「七罪」的名字。

士道吞下一口口水濕潤喉嚨後，將信封放在桌上，調整坐在沙發上的姿勢。

「打……打開來沒關係嗎……？」

「是呀。因為難保不會在打開的瞬間就「砰！」的一聲爆炸，所以我先在〈佛拉克西納斯〉調查過表面了，裡面應該沒有放什麼危險物品。當然，既然對方是精靈，也無法百分之百保證就是了。」

「…………」

琴里聳著肩膀說道。士道僵著一張臉，臉頰滲出汗水。

即使如此，也不能不打開它就丟著不管。士道下定決心，拍了拍臉頰鼓起幹勁後，剝開押上圖案的封蠟，拿出裡面的東西。

「這是……」

「……好像是照片。」

琴里湊過來看向士道的手邊，一臉疑惑地說道。

沒錯。信封裡放了好幾張照片。

士道雖然對精靈寄照片過來感到有些奇怪，但仔細想想，既然七罪能像上次那樣反覆地靜穆現界，那麼就算她知道許多這邊世界的事情也就不足為奇了。

而且真要說的話，現在的問題在於那些照片上被拍攝的人物。

「……這該不會是我吧？」

琴里皺著眉頭，拿起一張照片。

那張照片上的影像確實是頭上綁著白色緞帶，身穿國中制服的琴里。

只是眼睛沒有看鏡頭，距離也十分遙遠。簡直像是……應該說，看琴里的反應也知道，這無庸置疑是偷拍照。

不只琴里。放進信封的照片總共有十二張，每一張都是與士道親近的人的全身照。

十香、折紙、琴里、四糸乃、耶俱矢、夕弦、美九、亞衣、麻衣、美衣、小珠老師，還有——殿町。

全都是在本人沒有發現的情況下偷拍的照片（只有折紙一個人看似察覺到有人在拍照一樣，

面對鏡頭的方向）。

「這些照片是……是怎麼回事啊……」

士道覺得有點不舒服，皺起眉頭。七罪送這種東西過來，究竟想表達些什麼？

「裡面只有照片嗎？還有其他東西嗎？」

「啊，我看看……」

士道摸索信封內部，發現裡面還放有一張類似卡片的東西。

士道將它拿出來放在桌子上。上頭寫著幾行短文。

「我就在這當中。

趁所有人消失之前，

你能猜中哪一個是我嗎？

七罪」

第三章　凌晨零點 Delete

隔天，十月二十二日，上午十點五十九分。

士道站在五河家門前，看著手機螢幕上顯示的時鐘。

雖然是個秋高氣爽、舒服的好日子，不過穿短袖還是會感到寒意。偶爾吹來一陣涼風，搖曳著被秋色染紅的樹葉，拂過士道的臉頰朝天空而去。

「士道！」

在時針指向十一點的同時，矗立於五河家隔壁的公寓入口傳來一陣雀躍的聲音。

往聲音來源一看，身穿秋裝的十香正天真無邪地揮著手，朝士道跑來。士道微微舉起手回應她的呼喚。

「抱歉，你等很久了嗎？」

「沒有，妳很準時。說起來我才不好意思，這麼突然。」

「別在意！話說回來，我們今天要去哪裡買東西？」

十香歪著頭，眼睛閃閃發亮地問道。

沒錯。昨天晚上，士道表示希望十香陪他一起去買東西。

「這個嘛——我想想喔，總之先去車站那邊看看吧。」

「嗯！」

十香活力充沛地點點頭。總覺得她要跟士道出門十分開心似的。士道感到既開心又害羞，不由自主地想微笑，內心五味雜陳，搔著頭露出一抹苦笑。

『……小士，不要忘了今天的目的喔。』

令音的聲音突然震動右耳的鼓膜，令士道抖了一下肩膀。

「……好……好的。」

士道輕聲回答後，接著瞥了一眼並肩走在身邊的十香臉龐。

一如往常的容貌，沒有任何可疑的地方。

——不過，搞不好……

「…………」

士道嚥了一口口水。

幾天前出現在學校的「另一個士道」的身影，在腦海裡一閃而過。

沒錯。這個十香，或許是七罪變身而成的冒牌貨也說不定。

士道默默地凝視著十香的臉龐，回想起昨天與琴里的對話。

「——『我就在這當中。你能猜中哪一個是我嗎？』……」

士道與十香出門購物的前一天。琴里看著連同照片一起放入信封的卡片，面有難色地呢喃。

「這……這是什麼……意思？」

「……如果照字面上解讀……」

回答士道疑問的並非琴里，而是令音。剛才琴里將她從〈佛拉克西納斯〉給叫了過來。

令音將十二張照片一一擺在桌上。

「……就是七罪變身成這十二人當中的其中一人……的意思吧。」

「……！」

聽見令音說的話，士道訝異地說不出話來。不過……他也隱隱約約察覺到了。

前一陣子，他曾親眼目睹的七罪的能力——能重現與士道分毫不差的容貌那樣的天使力量。

只要使用那股力量，想必也能變身成跟別人一模一樣吧。

「然後，要我猜看看她變身成哪一個人……對吧？」

「應該就是這樣吧。不過我有點在意她最後寫的『趁所有人消失之前』這句話。」

琴里環抱雙臂說道。士道則是吞了一口口水。

「也就是說……有時間限制嗎？」

「應該就是這個意思……吧。老實說，資訊太少很難判斷。」

「……總之，必須早點行動才行。」

令音看著照片，面有難色地沉吟，將手放在嘴邊。

「就算說要行動，但是到底該怎麼做才好啊？」

士道說完，琴里隨即豎起了嘴裡含著的加倍佳糖果棒。

「這個嘛……首先在〈拉塔托斯克〉偵測看看照片上所有人身上的靈波反應。對方是保有完整力量的精靈，如果能偵測到少許洩露的靈力，事情就好辦多了。」

「原來如此啊……」

「……不過……」

此時，令音接在琴里後頭開口說了。

「……最好考慮到能偵測到靈波反應的可能性非常低。所以，要雙管齊下，小士也得有所行動才行。」

「好……那麼我要做些什麼才好？」

士道握著拳頭點了點頭。雖說現在仍不清楚事情的癥結所在，不過說到底，一切的開端在於士道第一次跟七罪接觸時惹得她不開心，而且還把大家拖下水。他沒辦法袖手旁觀。

可是——

「……這個嘛，現在就先決定好你想約會的順序吧。」

「…………什麼？」

聽見令音說的話，士道發出呆愣的聲音。

「約……會？這……這話是什麼意思？」

士道皺著眉頭問了。這次換琴里不以為意地回答：

「就是字面上的意思呀。從明天開始，士道要輪流跟照片上的這十二個人約會。然後——你得鑑定你約會的對象有沒有什麼可疑的地方。」

「……！對……對喔！」

就算七罪的變身能力再怎麼強，能重現別人的容貌和聲音等外在要素，只要透過對話，或許就能發現跟平常不同的地方。

不過，並非沒有問題存在。

「……可是，要跟照片上拍到的所有人約會……對吧。」

士道的臉頰滲出汗水如此問了。「……沒錯。」令音便立刻回應。

「……當然並不是要你在一天之內跟所有人約會。再怎麼趕——一天三四個人左右就已經是極限了吧。」

「沒有啦，問題不在這裡……十香她們就算了，山吹、葉櫻、藤袴、小珠老師……甚至是殿町，我都必須邀他們約會才行吧……？」

琴里聽了無奈地聳了聳肩。

「唉……現在不是抱怨這種事的時候吧。你這種想法，搞不好反而正中七罪的下懷呢。」

琴里語帶指責地唸完士道，士道便支支吾吾地發出「唔……」的聲音。

「……說……說的也是。」

士道說完，令音便微微點了點頭。

「……當然，我們會盡最大能力支援你。不過終究只能在七罪視線以外的範圍內……」

「好……那麼這次也麻煩你們支援了，琴里。」

然而，琴里卻面有難色地皺著眉。

士道對琴里的反應不解地歪了歪頭，令音便立刻大聲說道：

「……啊啊，抱歉，琴里這次無法參與支援。」

「咦？是這樣嗎？」

「那是當然啊……因為，我也是嫌疑犯之一嘛。」

琴里從鼻間哼了一聲，如此說道。士道驚覺地瞪大了雙眼。

「……事情就是這樣。這次由我來擔任支援的角色。雖然對琴里很抱歉，不過在確定誰是七罪之前，我們不能讓琴里踏進〈佛拉克西納斯〉。」

「沒錯。這是必須採取的措施，也沒辦法。」

琴里意外地表現出一副滿不在乎的模樣，聳了聳肩。在發現七罪寄來的信封裡裝著自己的照片時，她就已經預料到這種情況了吧。

這確實不無道理。雖然至今的談話之中，並沒有感覺到琴里有任何異常，但就算她是七罪的可能性只有百分之零點一，也不能讓她進入〈拉塔托斯克〉的中樞〈佛拉克西納斯〉。艦橋突然出現一個對己方抱有敵意的精靈，光是想像就令人害怕得全身發抖。考慮到這點，讓沒有列入嫌疑犯的令音來擔任支援的職務是最適當的吧。

「可是……為什麼照片裡頭沒有令音呢？明明連小珠老師和山吹她們都在裡面。」

「……嗯，這完全是我的推測，大概是因為七罪在挑選嫌疑犯的時候，我不在你的周圍吧。我這陣子都窩在〈佛拉克西納斯〉裡分析和調查七罪。」

「啊啊……原來如此。」

「……當然，也有可能只是七罪看不上我罷了。」

令音有些自嘲地聳聳肩說道。這玩笑還真讓人不知該如何反應，士道無力地露出苦笑。

琴里像是要導回正題般清了清喉嚨。

「總之，我們的勝利條件終究是讓七罪迷戀上士道，然後封印她的靈力。請你們務必要嚴加注意。」

話說到一半，琴里神情憤恨地皺著臉，咬牙切齒。

「——要是再惹怒七罪，別說要封印她了，可能還會危害到人質的處境。」

「…………！」

聽見琴里說的話，士道感覺到心臟一陣揪痛。

「等……等一下，人質是怎麼回事？」

「……你想想看，七罪是要我們在這當中找出她喔。要是有兩個長相一模一樣的人類，光是這樣就變成二擇一的問題了吧。」

「……！這……是……」

士道的臉染上了驚恐之色。

琴里說的確實沒錯。七罪在變身成士道的時候，也是因為和真正的士道站在一起，十香和折紙才能分辨出真偽。

有過一次慘痛經驗的七罪，想必不會再重蹈覆轍。

那麼她會怎麼做？答案非常簡單。

「……她會事先把自己要變身的對象囚禁在某個地方。」

「應該是這樣吧。」

士道一臉憤恨地說完，琴里也愁容滿面地點了點頭。

「沒有時間了。將十二個人分成三天進行調查，無論如何都要找出七罪。」

「嗯……我絕對會找出來。」

士道再次握起拳頭，用力點了點頭。

——然後，時間回到現在。

士道與十香並肩而行，不時偷看十香的表情。

「唔？士道，你怎麼了嗎？」

「！不，沒事……」

不經意與十香四目相交，士道不自然地移開視線。他搔著臉頰，稍微加快了腳步。

不僅五官、身體、聲音，連歪頭的動作、如小動物般的舉止等，一切都完美無缺，完完全全是士道記憶中的十香。至少看起來不像是冒牌貨。

不過，這麼完美反而教人起疑心，士道的腦海裡一片混亂。

此時，或許是察覺到士道的混亂，耳麥傳來令音的聲音。

『……冷靜點。假如七罪真的變身成十香，在一般的狀況下也不會輕易露出馬腳吧。我們稍微設點局擾亂對方看看吧。』

「擾亂對方……嗎？」

士道小聲回答後，動腦陷入沉思——隨後再次看向十香。

「十香，我……我問妳，我們上次像這樣兩個人一起出門是什麼時候啊？」

「唔？怎麼突然這麼問？」

十香一臉疑惑地回看士道。於是，士道像是要蒙混過去般揮了揮手。

「沒有啦，就想問看看嘛。總覺得最近不太常兩個人一起出門呢。」

「唔……是這樣嗎？怎麼覺得前幾天才一起出門買東西……」

「啊啊，有嗎？」

士道一邊說著一邊在心中沉吟。士道和十香在遇到七罪那一天也一起出門購物。看來她記得十分清楚。

不曉得十香是如何解讀士道的沉默，只見她一臉慌張地補上幾句話：

「不過，那個呀，我覺得不管出門幾次都很棒喔。嗯，我今天非常開心、非常快樂喔！」

十香說完，露出無憂無慮的笑容。看見她那可愛的表情，士道不禁臉頰發燙。

不過，現在可不是害羞的時候。士道彎起嘴角，露出一個無所畏懼的笑容。

然後吞了一口口水，開口說道：

「表現得真的十分精彩，完全就是十香本人呢——『妳說是吧，七罪』。」

「…………！」

士道對十香如此說完，十香便抖了一下肩膀，當場停下腳步。

看見十香的反應，士道輕輕屏住呼吸，跟著停了下來。

士道並不是有什麼確切的證據，只是隨口說說，試著套她的話罷了。老實說，士道甚至認為就算這個十香是七罪幻化而成的冒牌貨，也可能不會做出任何反應。

然而十香卻表現出這種反應，該不會——

士道緊張得全身僵硬，十香隨即緩緩面向士道，投射出銳利的目光。那道視線感覺不像平常的十香，充滿了敵意。

士道緊握拳頭。

「難不成，妳真的是……？」

不過——

「……士道，七罪是哪個女人？你剛才錯把我叫成誰了？」

「咦？」

聽見十香一臉不悅地埋怨，士道感覺自己放鬆了原先緊握的拳頭。

因為十香表現出的模樣與其說是被猜到真面目而慌了手腳，不如說只是單純不高興罷了。

『……小士，現在好歹也是在約會。如果被錯叫成別的女性，當然會不高興呀。』

「啊……說……說的也是喔。」

士道的臉頰滲出汗水如此嘟噥，隨後便像是要安撫對自己投以困惑視線的十香一般，張開掌心說道：

「抱……抱歉、抱歉。就是，那個啊，妳沒聽過『NATSUMI（註：音似七罪的日文發音）』嗎？本來是多明尼加共和國那邊的問候語，最近很流行……」

「是這樣嗎……？」

當然是胡謅的。士道在內心對多明尼加的人道歉，同時點了點頭。

「唔，那句話是什麼意思啊？」

「呃……呃……『我最喜歡妳了』之類的……」

「唔……」

士道隨便回答之後，十香便微微羞紅了臉頰。

「唔……這樣啊，呵呵……」

她說著臉上泛起一抹微笑。看樣子是順利度過難關了。士道鬆了一口氣。

不過此時，十香彷彿又發現了某件事，眉毛抽動了一下。

「那麼，上一句的『完全就是十香本人』又是指什麼意思？」

「咦？啊，呃……那是……」

士道想不出什麼好藉口，說起話來語無倫次。感覺得到十香看起來愈來愈狐疑。

『……慘了，要是惹怒十香可就賠了夫人又折兵了。有沒有什麼辦法可以取悅她？』

「取悅啊……哪那麼容易——」

士道的眉毛皺成八字形，環顧四周——然後輕輕「啊」了一聲。

「我……我說，十香。妳還沒吃午餐吧？雖然有點早，要不要稍微吃個午餐再走？」

士道如此說完，用手指向街道對面的一家餐廳。寫了店名的招牌下方，貼著一張寫有「自助式午餐任君享用！」的海報。

「唔？午餐嗎？是無所謂啦。」

十香依舊一臉不開心地說了。要是平常，她會雙眼閃閃發光，歡欣雀躍地回答……不過，這也沒辦法。

士道帶著神情不悅的十香進入餐廳。

不愧是午餐時間，店裡看起來生意相當興隆。所幸不需要等待，立刻就有空位可坐。士道將包包放在椅子下方的籃子裡，一邊用濕紙巾擦手一邊看向坐在對面的十香。

「好了，十香。這裡好像是採自助餐的形式。妳先去拿菜吧。」

「嗯……」

十香聽了瞬間綻放出笑容——不過，隨後又像是想起了什麼事一樣，用力搖搖頭。

「我等一下再去拿就好。士道你先去吧。」

「咦？為什麼？」

「沒為什麼。好了，你快去吧。」

「喔……好……」

十香堅決不肯退讓，開口催促士道，士道只好離開座位。

「十香那傢伙，到底是怎麼了啊？」

『……不知道。不過，這裡就照她的意思去做應該比較保險。』

令音如此回應。士道簡短地回了一句「說的也是」，便朝排放著各式各樣料理的區域走去。

他拿起餐盤，隨意裝了些料理便回到座位上。

話雖如此，或許是因為非得找出七罪的緊張感導致，士道並不是那麼有胃口。士道拿回來的料理，只有少量的沙拉以及幾片烤雞肉。

「好了，十香，換妳去拿吧。」

「…………唔。」

士道說完，十香便盯著士道拿回來的料理一會兒才離開座位。

士道納悶地微微歪著頭看著十香的背影離去。雖然心想她是否還在介意剛才的事……不過，感覺不太像。那個十香會在用餐時間露出那種為難的表情，究竟是怎麼一回事啊？

正當士道思考著這個問題之際，十香意外地很快就回到座位了。她將手裡拿著的餐具放在桌上，然後坐下。

「好了，那我們就開動吧。」

「是啊，說的也是……呃……」

正當士道隨著十香打算雙手合十說出「開動」的時候，他皺起了眉頭。

理由很簡單。因為十香拿回來的料理分量實在太少了，比沒有食欲的士道拿的菜還要少。

「十香……？妳拿這樣夠嗎？」

「唔……嗯，夠啊。吃下這些，我的肚子就要脹破了。」

「…………！」

士道聽了驚恐地瞪大眼睛。

——不可能。十香眼前的料理極少，如果不是食量小的女高中生，這點分量絕對不可能吃飽。更不用說在士道認識的人當中，十香是個出類拔萃的大胃王。憑那種分量，絕對不可能撐到晚餐時刻。

士道輕敲耳麥，傳達這緊急事態。然而用不著士道通知，〈佛拉克西納斯〉的人們似乎也都感到十分震驚。

『怎麼會……十香只吃這點分量……！』

『難不成是身體不舒服嗎！』

『太扯了！那頭飢餓的野獸竟然！』

船員們的嘈雜聲和急忙操作控制檯的聲音，微微震動著士道的右耳鼓膜。不知道是不是腦筋錯亂，似乎還聽到了略顯失禮的稱呼。總之，士道就先當作沒聽見。

因為十香這一反常態的舉動暗示著一種可能性。

那就是——這個十香可能不是本人。

「令音……！」

『……冷靜點。總之，先觀察一下狀況再說。』

令音以沉著的聲音說道。士道將手放在胸前，企圖讓不知不覺間劇烈跳動的心臟冷靜下來，然後面向十香。

「十香……妳怎麼了？身體不舒服嗎？」

「沒有啊。為什麼這麼問？」

「為什麼……當然是因為……」

即使士道瞥了一眼十香的盤子，也不知十香是否有發現那道視線，只見她「啪！」的一聲合起雙手。

「總之，我要開動了！」
「好……好吧……我要開動了。」
士道似乎受到十香的影響，也跟著雙手合十，然後開始享用放在盤子上的料理。接著……
「我吃飽了……」
「什麼！」
對面立刻傳來十香消沉的聲音，令士道瞪大了雙眼。往對面一看，十香的盤子已經見底。
「妳……妳已經吃完了嗎……？」
「……嗯。很好吃喔。」
十香說著雙手合十表示用餐完畢。然而，她的表情明顯透露出還沒有滿足口腹之欲。
「十香……妳該不會還沒吃飽吧？」
「！才……才沒那回事呢！」
十香一臉慌亂地搖了搖頭。
不過在那一瞬間，十香的肚子響起「咕～～」的一聲，宛如小狗哀號的聲音。
「……呃，剛才的是……」
「我……我吃這些就夠了。」
咕～～嚕嚕嚕嚕。

「……十香？」

「我不是說我沒……沒關係了嗎！」

咕～～嚕嚕嚕嚕嚕嚕。

「唔……唔嗯……」

「妳看……果然沒吃飽吧？妳今天是怎麼了啊？」

肚子傳來格外響亮的飢餓聲，十香低著頭往下看。士道則是神情困惑地皺起眉頭。

士道這麼問道，十香低聲呻吟了一會兒才看似死心地抬起頭來。

「……昨天看電視，在播放『食量比男人還大的女孩令人退避三舍！』這種節目……」

「咦……？」

「所以……我不希望士道對我『退避三舍』……」

十香一臉害羞地縮起肩膀。士道全身無力，唉聲嘆了一口氣。

「不過我倒是比較喜歡活力充沛、能吃很多東西的女孩子喔。」

「！真……真的嗎！」

「是啊。把飯剩下來我反而會傷心呢。」

士道說完，十香便露出一副震驚的模樣倒抽一口氣，接著立刻用力地點點頭，離開座位。

她走向擺滿食物的區域，將看起來十分美味的料理盛滿了整個大盤子，滿載而歸。周圍的客人和餐廳的外場人員都面露驚訝神情看向她。
「我要開動了！」
不過，十香絲毫不在意眾人的目光，開始津津有味地享用料理。

◇

「應該跟平常的十香……沒兩樣吧。」
下午三點十五分。回到自家的士道確認手機螢幕上顯示的時刻，回想著十香的一舉一動，接著自言自語般呢喃。
吃完午餐後，士道在街上買了各式各樣的東西，其間也一直跟十香交談——可是，並沒有發現什麼疑點。
當然，他也照令音提議的試著套了許多話，也問了應該只有十香本人才會知道的事。不過，十香都泰然自若地回答出那些問題。正常來想，實在不認為她是七罪變身而成的。
「應該是其他人吧？」
士道對著耳麥說道，於是右耳立刻傳來令音的聲音。
『……還不能斷定。總之，現在只能相信七罪的變身能力會出現破綻，繼續行動了。時間快到了，開始對第二個人進行調查吧。』

「——好。接下來是誰？我該去哪裡才好……」

『……嗯，小士你只要待在原地就好。』

「咦？」

『……很湊巧，她本人剛好在這個時間點主動提出要求。由於機不可失，就決定讓你同時消化了。我想她應該馬上就要到——』

令音話才說到一半，家裡的門鈴便「叮咚」一聲響了起來。

「嗯？是誰啊？」

士道往室內對講機的螢幕一看，卻沒看到任何人影。他疑惑地歪著頭走到走廊，然後往玄關的方向前進，打開門。

「來了，是哪位——」

「喝！」

「嗚哇！」

轉開門把的瞬間，有某個東西突然從門縫衝到士道眼前，嚇得他不由自主地往後仰。

就在這時，手機從士道的手中滑落，飛向從玄關露出臉來的「那個東西」。不過，「那個東西」以華麗的姿勢閃過手機，靈巧地環抱起小小的手臂，氣得大動肝火說道：

「真受不了你耶，士道。危險死了～～」

仔細一瞧，才發現那是個兔子形狀的手偶。是四糸乃的朋友「四糸奈」。

不過，她的樣貌跟士道所認知的「四糸奈」有些許不同。

因為她整張臉都是縫線，頭上還插了一個巨大的螺絲釘，簡直就像人造人。

「妳……妳是四糸奈……沒錯吧？」

「沒錯～～我是所有人的偶像四糸奈喲～～」

她嘴上開著這樣的玩笑。士道嘆了一口氣。雖然外表打扮得十分嚇人，但內心似乎還是平常的「四糸奈」。

就在士道要撿起掉在地上的手機時，門緩緩地開啟，一名少女戰戰兢兢地從門縫往裡面偷看

——是四糸乃。看來由於士道嚇得不小心放開了門把，導致只有左手的「四糸奈」進了家門。

「喔，四糸乃也來了啊。抱歉啊，我嚇了一跳才沒把門……」

此時，士道把半掩的門大大地打開——結果又嚇得抖了一下肩膀。

因為站在門前的四糸乃跟「四糸奈」一樣，穿著打扮都不同於往常的風格。

她戴著一頂帽簷寬大的黑色尖帽，穿著一身漆黑的長袍，右手甚至還握著一支小掃帚。沒錯

——她的模樣簡直跟士道現在正在尋找的七罪身上所穿的靈裝一樣一模，是魔女的裝扮。

「四……四糸乃……妳這是……」

士道一這麼問，「四糸奈」便戳了戳四糸乃的臉頰，像是在幫她加油打氣一般。

「上吧、上吧，四～～糸乃。」

「嗯……嗯……！」

四糸乃點點頭，彷彿下定決心似的仰望士道，開啟雙唇：

「不……不給糖就搗蛋……！」

「咦？」

聽見四糸乃說的話，士道頓時愣了一下，隨後立刻理解這句話的含意，捶了一下手心。

「啊，我懂了。妳這是萬聖節的裝扮啊。」

確實是到了這種時節。士道貌似恍然大悟地點點頭。

「也就是說……四糸奈的那個裝扮是……」

「呵呵呵，我是科學怪人喲～～」

「四糸奈」舉起雙手發出「嘎！」的一聲嚇唬士道。不過，就算用圓滾滾的眼睛和看似十分軟柔的肉球威嚇，也沒什麼魄力可言。

「……令音，妳說的本人提出的要求，該不會是……」

『……沒錯。四糸乃在電視上看到，說想試一次看看。』

「原來是這麼回事啊……」

聽見令音的回答，士道搔了搔臉頰。正確來說，萬聖節是十月三十一日，不過如果只是要體驗一下氣氛，現在這個時間點也還算恰當吧。

由於整個輪廓看起來像是七罪的靈裝，所以一時之間嚇了一跳，但可愛的魔女裝扮非常適合嬌小的四糸乃。

「嗯，很可愛喔，四糸乃。」

「…………！」

士道如此誇獎，四糸乃便屏住呼吸，一臉害羞地低下頭。

此時，「四糸奈」戳了戳士道的手臂。

「吶、吶，你稱讚四糸乃我是很開心啦～不過你有沒有忘記什麼事呀？」

「什麼事……啊，零食啊。等我一下喔！」

聽「四糸奈」這麼一提，還真忘了最重要的事。士道走向廚房，打開平常存放零食的櫃子東翻西找。

不過很不湊巧，餅乾、糖果之類的零食全都吃完了。如果去琴里的房間找，應該至少會有加倍佳的存貨，不過要是出手拿走，之後不知道會遭受什麼樣的報復。

「啊……抱歉。現在家裡好像沒有零食了。」

士道回到玄關，滿臉歉意地低頭賠罪，於是四糸乃沮喪地垂下肩膀。

「這樣……啊。」

「真的很抱歉。我下次一定會先準備好……」

不過就在士道話說到一半的時候，「科學怪人」的臉猛然逼近眼前。

「哎～～呀？那可就真傷腦筋啦，這位小哥～～我們也不是隨便玩玩的喲——四糸乃！快！上吧！」

「咦……上什麼？」

「真是的～～就是不給糖就搗蛋呀！不給零食、點心的話，我們就惡作劇胡鬧一番呀。」

「啊……」

四糸乃像是回想起來似的發出聲音，用一雙圓滾滾的眼睛仰望著士道。

「喂……喂……？」

「哎呀～～既然沒有糖果那也沒辦法～～只好讓士道充分體驗四糸乃的惡作劇囉～～」

「妳說惡……惡作劇……是打算做什麼？」

士道往後退了一步同時問道，「四糸奈」的臉上便浮現一抹令人毛骨悚然的陰險笑容。

「那就是……」

接著別有深意地對四糸乃使了個眼色。只見四糸乃的臉頰染上一抹紅暈，挪開視線。

「我說真的，妳們到底打算幹什麼啦！」

士道放聲吶喊——接著「啊」地發出了一個短促的聲音。

「對了。妳們兩個，可以在客廳等我一下嗎？」

「…………？」

「啥？」

四糸乃與「四糸奈」露出納悶的神情對看。士道招招手示意兩人進屋，並再次朝廚房走去。

他從櫃子裡拿出鬆餅粉，再從冰箱拿出牛奶和雞蛋，分別測量分量後倒進碗裡。

「什麼、什麼？你在做什麼東西呀，士道？」

「敬請期待。馬上就做好了，妳們稍微等一下喔。」

士道說完，看見兩人愣愣地睜大眼睛，疑惑地歪著頭。

那副模樣令士道不禁露出微笑。他加熱鐵氟龍材質的平底鍋，奶油融化後倒進麵糊，煎成漂亮的形狀。

接著在白色盤子裡疊上兩片鬆餅，放上奶油，淋上楓糖就大功告成了。

「好了，完成囉。趕快趁熱吃吧。」

士道如此說完，把盤子放在桌上。四糸乃看似驚訝地目瞪口呆，仔細端詳起鬆餅。

「這個……我有在電視上看過……！」

四糸乃正要拿起叉子——接著像是突然想起什麼事一樣，肩膀抖了一下。

「那個……我要開動了。」

「好，請享用吧。」

士道說完，四糸乃便在「四糸奈」的幫忙之下將鬆餅切成一口大小，叉起一塊仔細端詳之後才一口送進嘴裡。

「…………！」

結果，四糸乃一雙杏眼突然睜得老大，「砰砰！」地拍了拍桌子，向士道豎起大拇指。這是士道之前也曾經見識過一次，四糸乃嚐到未知的滋味而受到感動時的反應。看來，她似乎很喜歡這個味道。

「哈哈，很好吃嗎？」

『……小士。』

聽見士道說的話，四糸乃回答「嗯、嗯」並點點頭。士道看了不禁綻開笑容。

在這和諧的氣氛中，右耳傳來令音的聲音。

『……抱歉在氣氛正好的時候打擾你。怎麼樣，四糸乃有什麼地方不對勁嗎？』

「啊……沒有，就我的觀察，我想應該沒有什麼可疑的地方……」

士道如此說著，像是要轉換心情般清了清喉嚨。

「話說回來，之前也有過這種事呢。就是四糸乃第一次來我家的時候。我想想喔，當時我是做了什麼東西啊？」
士道不著痕跡地試探四糸乃，於是四糸乃和「四糸奈」對看了一下之後，面向士道說：
「是的……我記得當時……你做了親子丼給我吃。」
四糸乃說著露出如痴如醉的神情。
士道看見四糸乃這種表情，雖然露出苦笑，卻也在心中嘟噥著「答對了」。
「咦咦～這是怎麼回事呀，士道～我怎麼不知道這件事～」
滿臉都是縫線的「四糸奈」看似不滿地說道。
「嗯？妳不記得了嗎？」
士道如此詢問後，「四糸奈」頓時做出沉思般的動作，接著「啪！」地捶了一下手心。
「那個該不會是我待在折紙家時發生的事吧？」
「啊……對喔，那時候四糸奈好像沒跟四糸乃在一起的樣子。」
「就是說呀……話說回來，你竟然趁我不在的時候跟四糸乃一起搞親子丼，士道好色！四糸乃也真是的，背著我成了一個爬上成人階梯的灰姑娘（註：日本團體I２O「想い出がいっぱい」的歌詞）了啊……奇怪？如果四糸乃是親子丼的子，那親是誰？」
「四……四糸奈……！」
四糸乃滿臉通紅地摀住歪著頭的「四糸奈」的嘴。「四糸奈」激烈地上下揮著雙手。

「嗯——！嗯——！」

明明體內沒有呼吸器官，「四糸奈」卻看似非常痛苦地掙扎著。總覺得看起來有點可憐，士道對四糸乃說：

「我……我說啊，四糸奈看起來很痛苦耶。」

「啊……對……對不起，四糸奈……！」

「咳！咳……呼……我還以為我要掛了呢……」

就在此時，「四糸奈」一臉疑惑地側著頭。

「嗯？四糸奈，妳怎麼了？」

士道反問「四糸奈」，她便靈巧地做出環抱手臂的姿勢，「唔唔唔……」地低聲呻吟後，抬起頭說：

「唔——我忘記我要說什麼了。被四糸乃摀住嘴，導致腦袋缺氧了吧。士道跟四糸乃吵架的時候，也要小心一點才是喲～～」

「怎……怎麼這樣說人家……」

四糸乃瞬間羞紅了臉，然後像是要掩飾難為情一般，大口大口地將剩下的鬆餅吃下肚。

接著不知過了多久，「四糸奈」的耳朵動了一下，對四糸乃咬耳朵。

「……對吧……所以……然後啊……」

「咦……可……可是……」

四糸乃就像受到「四糸奈」催促般，將視線投向士道，然後立刻用叉子叉起最後一塊鬆餅，遞給士道。

「那……那個……分你吃。」

「不用了啦，這本來就是我要做給妳吃的東西……」

「…………」

四糸乃聽了隨即一臉哀傷地將眉毛皺成八字形。

看見四糸乃露出這樣的表情，怎麼忍心拒絕？士道微微舉起雙手表示投降，然後大口咬下她遞過來的鬆餅，同時嘴巴盡可能小心不要碰到叉子。

看著士道這副模樣，「四糸奈」臉上浮現出無所畏懼的笑容。

「士道～～如果我沒記錯，鬆餅這玩意兒，有人是當成下午茶來吃，不過也有人是當早餐來吃的對吧？」

「咦？對啊，應該是有人會這樣做沒錯。」

「我想也是～～那麼，把這個稱為『零食』似乎有點微妙喲？」

「喂……喂喂……」

都吃得一乾二淨了才說這種話也很令人傷腦筋。士道露出困擾的表情，搔了搔臉頰。

就在這個時候，四糸乃戒慎恐懼地用手指向士道的臉。

「那個……士道，你的嘴角，沾到糖漿……了。」

「咦？真的嗎？」

是因為鬆餅的大小要一口塞進嘴巴有點勉強嗎？士道用舌頭舔了舔嘴唇。

「還有一點點，在這邊。啊……可以幫你擦嗎？」

四糸乃一邊說著一邊站起身來，拿起一張放在桌上的濕紙巾，往士道靠過去。

「喔……好啊……」

雖然有點難為情，但總不能辜負人家的一番好意。士道即使臉頰發燙，還是撇開視線保持姿勢不動。

然而，四糸乃卻在伸出手靠近士道的臉頰後──就這麼將自己的臉蛋湊了過去，用舌頭在士道的嘴唇和臉頰中間舔了一下。

「嗚哇！」

完全出乎士道的意料之外。他抖了一下，嚇得往後彈開。

「四……四四四四四糸乃……！」

「那……那那那那那個……」

不知為何四糸乃動搖的程度不亞於士道，語無倫次、倉惶失措地揮著雙手。

「這……這是因為那個……鬆餅介於正餐和零食之間……」
四糸乃雙眼骨碌碌地轉著。
「所以要……『惡作劇』……！」
四糸乃留下這句話，便發出「啪躂啪躂」的腳步聲跑出家門。
獨留士道一個人在原地發愣了一陣子。他對著耳麥說了：
「令……令音……剛才真的是四糸乃……沒錯吧？」
『……不知道耶。』
回應的答案著實令人難以做出判斷。

◇

「呃……然後，下一個輪到誰？」
四糸乃的調查結束後，士道對耳麥提出疑問。於是幾秒之內，令音便回答：
『……喔，下一個是殿町宏人。』
「殿町啊。」
士道「呼～～」地吐氣回應。他是士道的老朋友，也是嫌疑犯當中唯一的男生。要邀他約會以便進行調查，不如說邀他同遊或許比較恰當。

『……你聲音聽起來挺放鬆的嘛。』

「啊哈哈……算是啦，畢竟殿町是男生嘛。說輕鬆或許是挺輕鬆的。」

『……嗯，那就好。那就早點解決他吧。我已經以你的名義傳簡訊給他了，跟他約好一個小時後碰面。』

「我知道了。要在哪裡會合？」

『……喔，要在——』

聽見令音說的碰面地點，士道的臉頰抽搐了一下。

——接著過了一個小時左右。

士道和殿町兩人並坐在三溫暖的長椅上。

沒錯。〈拉塔托斯克〉指定的碰面地點，是在附近的某個大型複合式公共澡堂前。

「…………」

「…………」

從剛才開始兩人就相鄰而坐了好幾分鐘，卻完全沒有交談一句話……明明是經常玩在一起的朋友，卻比跟女孩子約會時還緊張……應該說空氣裡瀰漫著一股尷尬的氣氛。

「我……我說……殿町。」

「……！什……什麼事，五河……」

受不了沉默的士道率先開口攀談後，殿町動了一下肩膀。

「沒有啦……總覺得……很抱歉。」

士道微微低下頭致歉，然後別過臉。

「……令音，妳為什麼要指定這種地方啊……？」

他輕聲地對耳麥訴說。〈拉塔托斯克〉費心製作的高性能耳麥，即使在極高溫潮濕的三溫暖，令音充滿睡意的聲音依舊清晰地傳了過來。

『……難得都是男人。我想說來場袒裎相見的交流比較好。』

「那是什麼歪理啊……再說，這時機也太不湊巧了吧。雖然不知道詳細情形，但七罪變身成我的時候，好像對殿町說了些什麼話。他突然對我超見外的，感覺像在提防我……」

『……如果他真的跟你撕破臉，就不會答應你的邀約了。』

「不，與其說撕破臉，他好像在懷疑我有什麼毛病，疑神疑鬼瞎猜一通的感覺……」

士道一邊說著一邊瞥了殿町一眼。他的臉頰之所以會泛紅，肯定是因為三溫暖的溫度很高的關係吧。絕對是這樣。

正當士道思考著這種事的時候，令音冷靜地繼續說道：

『……而且我之所以會挑這個地方，是有實質的意義存在。七罪也是女性，就算變身成男生的身體，應該多少還是會排斥在男性面前裸露身體吧。』

「啊……有道理。」

令音說的或許沒錯。如果這個殿町是七罪，應該會找理由拒絕去大型複合式公共澡堂的這個邀約。

「那麼，當他出現在這裡，就代表他不是七罪嗎？」

『……我想這個可能性很高……不過，如果七罪有露出自己重要部位而感到興奮這類的毛病，那就另當別論了。』

「…………」

士道默默搔了搔臉頰。不過，如果對方有這方面的狀況，或許真的無法作為判斷的依據吧。

「……那麼，我該怎麼做才好？還是試著問問看一些七罪不知道的回憶比較妥當嗎？」

『……是啊，這是基本的做法吧。還有另一件事，我想看看他的反應和數值。你可以稍微跟他做一些肢體上的接觸嗎？』

「什麼……？」

士道愣住了。不過令音依然若無其事地繼續說道：

『……假設正如我們剛才說的，七罪並不排斥裸露身體，但如果有人突然觸摸自己的身體，照理也會做出一些反應才是。』

「……是……是喔……」

士道吞下口水濕潤因高溫和緊張而乾渴的喉嚨後，面向殿町。

此時，殿町開口說道：

「我……我問你，五河。你今天為什麼約我來這種地方？」

「咦？沒有啦，那……那是因為……」

『……小士，就是現在。』

正當士道吞吞吐吐說不出個所以然時，令音突然下達指示。

即使士道有些無所適從，仍舊依照指示伸出左手像是要抱住殿町的肩膀似的，用手觸碰他的肌膚。下一瞬間——

「噫！」

殿町抖了一下，逃也似的一股腦往旁邊移動。仔細一看，他全身還起了雞皮疙瘩。

「五河，你你你你你你你你你你你你你幹嘛啊！」

「啊，沒有啦……」

「…………」

「…………」

空氣中再次流動著尷尬的沉默。

士道遮住右耳避免殿町看到，輕輕敲了敲耳麥。

「……結果殿町的反應如何？」

『……嗯，想必應該相當慌張吧。當小士的手觸碰到他的時候，緊張數值瞬間飆高。』

「咦？那是指……」

『……我想要多一點資訊。再多碰他幾次看看。』

「喔、喔……」

雖然提不起幹勁放手一搏，但這也是為了鎖定七罪。士道從長椅上起身，再次坐到殿町身旁。此時，殿町的肩膀又開始微微顫抖。

「五……五河……我們是朋友……對吧？再普通不過的朋友。」

「嗯，喔……對啊。」

「就是說嘛！哈……哈哈……哎呀，抱歉、抱歉。我真是的，在胡思亂想些什麼——」

「……是啊。」

這時，士道將手緊緊貼上殿町的大腿。

「呀啊啊啊啊啊啊！」

殿町揚起淒厲的尖叫聲，奔出了三溫暖。

◇

「唉……」

士道獨自走在夜晚的路上，輕輕嘆息。

難得泡了個澡，卻完全沒有消除疲勞……不，甚至感覺比泡澡前還要疲憊。

不過，現在不能說這種喪氣話。因為今天應該還剩下最後一個約會名額。

「我想想，碰面的地點是約在高地公園沒錯吧？」

『……對。時間有點晚了，你要加緊腳步。』

「好……！」

士道稍微加快速度爬上坡道，急忙趕往相約的公園。夜幕低垂的街道雖然令人感受到一股冰冷的寒意，但剛洗完澡身體暖呼呼的，這樣的氣溫恰到好處。

不久，士道抵達指定的公園。街燈下的長椅前，已經可以看到一名少女的身影。

那名少女身穿淡色花紋的長袖襯衫，搭配黑色喇叭裙，散發出迷人的魅力。她就是八舞姊妹其中一人——八舞夕弦。

「氣憤。約人出來還敢遲到，好大的狗膽。」

夕弦說著瞇起眼瞪向士道。士道急忙跑到夕弦面前，雙手合十低下頭致歉。不過正確說來，約她出來的並非士道，而是令音以及〈拉塔托斯克〉的人，但想必夕弦壓根不曉得這件事吧。

「抱歉，夕弦。之前的事情耽擱到了。」

「赦免。大人不計小人過。夕弦心胸寬大，不過遲到個五分鐘，就當作是誤差。」

夕弦說完「呼～～」地吐了一口氣，環抱雙臂。

士道看著她的模樣，感受到一股輕微的異樣感，於是搔了搔頭。

並非夕弦的行為舉止有什麼問題。硬要說的話，或許是因為總是形影不離的八舞姊妹如今卻單獨行動，所以感到十分稀奇吧。

雖然事先早已聽說調查第一天的最後登場人物會是夕弦，不過實際親眼目睹，還是覺得非常不可思議。自從士道封印她們的靈力之後，就算說她們姊妹除了上廁所之外，總是寸步不離也不為過。

或許是從士道的視線察覺到他的想法了，夕弦無奈地聳了聳肩。

「嘆息。夕弦一個人無法滿足你嗎？」

「！不，沒這回事啦。只是覺得有點稀奇……」

「否定。用不著硬著頭皮安慰我了。夕弦和耶俱矢是生命共同體。你的感想反而成了我們兩人關係的最好證明。」

夕弦揚起嘴角露出無所畏懼的微笑。原來如此，看來兩位八舞今天依然是一對感情融洽的好姊妹。

「提問。你這麼晚約我出來，到底有什麼事？」

「啊，沒有啦，只是想單獨跟妳聊聊天……不行嗎？」

士道說完，夕弦便一臉訝異地雙眼圓睜。

「否定。當然可以。不過，既然這樣──」

夕弦瞇細眼睛，接著挽起士道的手臂，就這樣將身體緊緊貼近他。她那豐滿的上圍牢牢地壓在士道的手臂上。

「夕……夕弦？」

「獨占。只有今晚，士道是屬於夕弦的。而且也只有今晚，夕弦是屬於士道的，對吧？」

夕弦說完，對著士道的脖子呼了一口甜蜜的氣息。由於她吹的方式有別於平常和耶俱矢兩人一起戲弄自己時的感覺，散發出一股難以想像的妖豔氛圍，令士道不禁滿臉通紅。

「提議──士道，要不要稍微散散步？」

「咦？」

士道歪了歪頭，夕弦便莞爾一笑，拉著士道。

兩人緩慢地走在公園的外圍。

從地勢較高的這個地方放眼望去，士道他們所居住的天宮市景盡收眼底。燈火如星星閃爍，點亮漆黑的市容。

「讚嘆——真是美麗呢。」

「嗯……對啊。」

士道率直地回答後，夕弦隨即半瞇起眼睛，目不轉睛地凝視著士道的臉龐。

「幹……幹嘛？」

「指摘。當女生說出『真美麗呢』時，按照慣例，男生得回答『妳更美麗』才對。」

「……是這樣嗎？」

「同意。就是這樣沒錯。」

不知她是從哪裡學來的知識，只見她自信滿滿地說道。士道則是苦笑著更正：

「妳……妳更美麗喔。」

「微笑……呵呵，真的嗎？」

士道一說完，夕弦的臉頰便微微染上一抹紅暈，淺淺一笑。

看見夕弦露出平時難得一見的可愛表情，士道的心跳不禁漏了一拍。

該怎麼說呢……令人冷靜不下來。

精靈即使封印了靈力，如果精神狀態不穩定，有時也會導致力量逆流。因此，士道經常必須安撫十香她們的情緒。

不過，由於耶俱矢和夕弦這對八舞姊妹，只要兩人待在一起精神狀況便十分安定，屬於不太需要操心的精靈。而實際上，相對於十香轉進士道的班級，八舞姊妹則是兩人一起轉進了隔壁班。坦白說，比起十香和四糸乃她們，八舞姊妹更像「朋友」。

然而——不對，正因如此，像這樣和夕弦單獨聊天的感覺非常新鮮……令士道的心中莫名忐忑不安。

「呼喚——士道。」

此時，夕弦靜靜地發出聲音。

「嗯……什麼事？」

士道如此回答，夕弦便吞了一下口水後繼續說道：

「請求。請你老實回答夕弦。」

「好……好的……所以，到底有什麼事？」

「提問。士道——夕弦和耶俱矢，你比較喜歡誰？」

「咦……？」

聽見意想不到的問題，士道非常驚訝。他感覺自己的額頭滲出汗水。

「怎……怎麼這麼問……」

即使士道顫抖著聲音反問，夕弦依舊緊盯著他，不肯轉移視線。那個眼神看起來不像在戲謔、說笑。

「妳突……突然這麼問我，我也選不出來啊。妳們兩人都……很重要。」

士道說完，夕弦露出目瞪口呆的模樣，聳了聳肩。

「嘲笑。真受不了。你選了一個最軟弱、沒出息的答案吶。」

「少……少囉嗦！突然問那種問題，誰回答得出來啊！」

「確認。那麼，只要給你時間準備，你就能給出明確的答案嗎？」

「唔……！」

士道聽了支支吾吾回答不出個所以然。而看見士道的反應，夕弦再次嘆了一口氣。

於是士道搔著頭回答：

「那麼，妳希望我選誰啊？」

「思考……這個嘛……」

夕弦伸出一根手指抵著下巴，反覆思索著問題。接著，她再次將視線投向士道。

「回答——如果你選擇耶俱矢，夕弦會讚稱你選得真好。但是如果你選擇夕弦，夕弦會大發脾氣。」

夕弦說完露出一抹惡作劇般的微笑。

話說回來，耶俱矢和夕弦就是這樣的兩名少女。比起自己，更無可救藥地喜歡對方。士道語帶嘆息地說：「……真是獲益匪淺啊。」

「補充。不過，如果你選擇夕弦……夕弦會很開心。」

「咦——」

然而，聽見夕弦之後補充的話，士道感覺自己的心臟劇烈跳了起來。

彼此的身體如此緊密貼近，或許會被夕弦發現也說不定。士道用力搖了搖頭，像是要蒙混過去般繼續說道：

「結……結果到底要選誰啊？」

「嘆息。就跟你所聽到的一樣。不管你選誰，夕弦都無所謂。可是你卻說出如此懦弱的回答。夕弦對士道感到非常失望。真是沒用。」

「唔咕……」

受到如此批評，士道卻什麼話都無法反駁。他緊咬著嘴唇發出呻吟。

然而夕弦卻一點兒都不在意，附加幾句但書：

「請求——如果，我是說如果，如果耶俱矢也對士道提出同樣的問題……到時候，請你絕對要回答『耶俱矢』。」

「咦？那是……」

士道話還沒說完，夕弦便搶著繼續說：

「猜測。我想耶俱矢一定會生氣，會罵你『為什麼不選擇夕弦呀！』……可是，她心裡應該會感到開心無比。」

「夕弦……」

「篤定。雖然耶俱矢平常表現出『那副模樣』，但其實她非常喜歡士道。夕弦我說的絕對不會有錯。夕弦和耶俱矢原本就是生命共同體。夕弦討厭的東西，耶俱矢也會很厭惡。相同的——夕弦喜歡的東西，耶俱矢也會十分喜愛。」

「咦？妳的意思是……」

士道的眉毛抽動了一下，夕弦便微微睜大雙眼。接著，她用一隻手摀住嘴巴，離開士道保持距離。

「大意。我太多嘴了。夕弦決定在說出更多不必要的事之前趕快告退。」

「啊，喂！夕弦！」

士道如此呼喚，夕弦便回眸一笑。

「請求。夕弦沒有說謊。耶俱矢非常喜歡士道。所以——耶俱矢就拜託你了。」

夕弦說完低頭致意後，就這麼跑向暗夜之中。

◇

「……所以，你就這樣讓她一個人回去了？唉……好歹也確實把人送到公寓門口吧。」

琴里向後靠在沙發靠背上，無奈地嘆著氣。

士道、琴里及令音三人現在正聚集在五河家的客廳裡。士道端正地跪坐在地板上，琴里坐在士道面前的沙發上，而令音則是坐在旁邊的沙發凝視著兩人。

士道一個人被留在公園裡，不得已只好回家。而一回到家便看到琴里和令音早已在客廳裡摩拳擦掌，馬上進入說教時間。

「竟然讓女孩子單獨走夜路，這選項實在令人不敢恭維呢。」

「唔……抱歉。」

經人這麼一提醒，確實如此。不過，在士道茫然發呆的時候，夕弦便以迅雷不及掩耳的速度跑下坡道。不愧是風之精靈，要人追上她才是強人所難吧。

「……不過，那種情況下也無可奈何吧。小士表現得算好了。」

在〈佛拉克西納斯〉上目睹了一切過程的令音，或許因而了解士道的難處，只見她從旁出聲幫腔。

琴里從鼻間哼了一聲，豎起嘴裡含著的加倍佳糖果棒。

「知道了啦。我也了解你們的行程有多緊湊。」

琴里說著，同時望向士道。

「——所以，士道。今天一整天跟四個人對話，有察覺到什麼可疑的地方嗎？十香、四糸乃、殿町、夕弦，這四個人之中——有疑似七罪的人物嗎？」

「…………」

聽見琴里發問，士道回憶起今天一整天發生的事，反覆思索。

老實說，現在嫌疑犯才調查了三分之一。要說是否有可疑人物也不是說沒有，只是現階段還無法斷定那就是犯人。

「……還不清楚呢。總之，得先全部調查過一遍才行。」

「……說的也是。」

看來琴里早已料到士道會這麼回答。她半瞇著眼睛，嘆了一口氣。

「我基本上也會聽過全部的音檔，如果有發現什麼疑點會再通知你。」

「好……麻煩了。」

「總之，為了保留體力為明天應戰，今天就早點休息吧。要是因為睡眠不足導致明天早上的預定亂了套，我可饒不了你。」

琴里改翹起另一隻腳如此說道。士道原地站起身，點了點頭。

「嗯，說的也是，我這就上床睡覺。令音，明天是從幾點開始啊？」

「……嗯，第一個約會訂在十點。抱歉，你得跟學校告假了。」

「畢竟是這種情況，這也無可奈何。呃，第一個約會對象是……」

「……是琴里。」

「………！」

聽見令音嘴裡吐出的話語，仰靠在沙發上的琴里頓時抖了一下肩膀。此時，令音像是恍然大悟似的捶了一下手心。

「……啊啊，原來是這樣啊。難怪妳那麼強調要士道明天別睡懶覺——」

「——笨蛋！我才不是那個意思咧！我只是以司令的身分——」

此時，琴里似乎察覺到士道的視線，將抱枕朝他扔了過去。

「嗚哇！喂，妳幹嘛啦！」

「吵死了！快去睡！」

琴里大聲怒吼，抓起另一個抱枕。

要是再次受到攻擊還得了。士道慌慌張張地逃進自己的房間。

◇

——「滴答」一聲，時鐘的長針與短針同時指向十二。

凌晨零點。十月二十二日結束，二十三日到來。

沒錯。這也代表——「遊戲第一天結束」。

「呵呵……」

黑暗之中，變身成與「某人」一模一樣的七罪發出細小的笑聲。

第一天。士道並未猜出七罪化身成誰。

話雖如此，這也無可奈何。嫌疑犯超過十人，規則也模稜兩可。不管怎麼說，第一天能做的事十分有限。

不過，不管有什麼樣的理由，遊戲第一天都已經告終。

「——〈贗造魔女〉，上工囉。」

七罪以誰都聽不見的聲音喃喃自語，指尖抖動了一下。

她只須這麼做就好。想必之後〈贗造魔女〉將會依照七罪的意志，順利完成工作吧。

「好了……首先是一個人。你能確實猜中我嗎？」

嘻嘻、嘻嘻。

魔女嗤嗤訕笑。

「——趁所有人消失之前。」

◇

「嗯……」

早晨，一陣噪音震動士道的耳膜。他躺在床上微微伸了個懶腰，揉揉眼睛。

他打了一個大呵欠，同時將手伸向枕邊按掉鬧鐘的開關。然而——即使如此，聲音依舊沒有停止。看來從剛才起妨礙士道安眠的聲音，並非鬧鐘的鈴聲。

「奇怪……？」

士道緩緩坐起身，再次打了個呵欠。隨著意識漸漸清醒，他也慢慢分辨出這聲音的真面目。

沒錯，這是……門鈴聲。五河家的門鈴正不斷地發出「叮咚、叮咚」的聲音。

「一大清早的，搞什麼啊……」

士道嘟噥著抱怨，下床後踏著緩慢的步伐走下樓，穿過走廊。這其間門鈴也始終響個不停。

不過在士道終於來到玄關的時候，神祕的訪客或許是等得不耐煩了，穿過外面的大門，開始轉動玄關的門把，發出「喀恰、喀恰」的聲音。

「唔喔……！」

現在是早上倒還好，如果是深夜可就有點驚悚了。士道戰戰兢兢地出聲問道：

「請……請問是哪位……？」

「士道！」

結果門後傳來少女激動的聲音。熟悉的高音──是耶俱矢的聲音。

「是耶俱矢嗎？到底有什──」

士道一打開玄關的門，滿頭大汗的耶俱矢便衝了進來。

「唔哇！喂，冷靜點！發生什麼事了啊！」

「士……士道！夕弦有沒有來這裡！」

耶俱矢甚至忘記佯裝平常那副傲慢的口吻，高聲吶喊。士道納悶地歪著頭。

「夕弦……？不，她沒有來……怎麼了嗎？」

「不……不見了……我早上起來後，到處都找不到夕弦！」

「妳說什麼……！」

聽見耶俱矢語帶哀號地叫喊，士道皺著眉頭回應。

──回想起來，或許從這一刻開始，七罪的「遊戲」才終於正式展開。

第四章　指名嫌疑犯（High-risk）

「…………」

「…………」

士道與琴里並肩坐在公園的長椅上，默默無語地凝望著噴水池。

不，正確來說，並非凝望著，而是眼前正好有噴水池罷了。士道將手肘撐在膝蓋上蜷起背，而琴里則是蹺著二郎腿，將身體靠在椅背上靜靜地思索。

時刻是上午十一點三十分。也許因為是平日，待在公園裡的都是些帶著小孩的主婦們，或是來散步的老人家。想必在這樣的環境之中，兩名年輕男女只是不發一語地坐在長椅上顯得格外突兀吧，偶爾會感受到媽媽們投射過來的視線。

然而，現在的士道和琴里並沒有心情去在意那些視線。

這也難怪。畢竟——今天早上，八舞夕弦突然消失了蹤影。

就在這樣的狀態不知持續了多久之後，琴里驟然打破沉默。

「……吶，你說點話吧……我們好歹在約會吧。」

「喔、喔喔……說的也是。」

聽見琴里的話，士道吐了一口短促的氣息，拍了拍臉頰好振作起精神。

沒錯。雖然時間稍微延遲了，士道和琴里現在正按照當初的預定前來公園約會。因為他們如今能做的，就只有這件事了。

「啊……呃……」

不過，即使士道想說些笑話來炒熱氣氛，一時之間也想不出什麼話題。

琴里看似不耐煩地嘆了一口氣。

「感覺你魂不守舍呢……哎，這也難怪。」

「……抱歉。」

士道胡亂搔了搔頭髮，將盤踞在肺裡的焦燥與無力感化為嘆息吐了出來……當然，吐出來之後，心情仍然沒有獲得改善。

士道苦著一張臉，回想起剛才在〈佛拉克西納斯〉上看見的影像。

時間回溯到上午十點。今音造訪了士道與琴里居住的五河家。

看樣子，有關夕弦失蹤一事似乎找到了一些眉目。不過，基於先不要通知耶俱矢比較好的這個建議，便先讓耶俱矢、十香以及四糸乃在隔壁公寓的某個房間內等待。

「所以……令音，夕弦她究竟消失到哪裡去了？」

士道問完後，令音便輕輕點點頭開口：

「……我們從頭說起吧。首先，根據耶俱矢的說詞，可以證實昨晚夕弦確實有回到公寓房間。這一點沒錯吧？」

「沒錯。耶俱矢確實有這麼說過。」

士道一邊回想先前從耶俱矢口中聽到的話，一邊點頭表示贊同。

昨晚耶俱矢似乎確實看見了夕弦從外面回到家中。雖然夕弦當時可能感到有些疲倦，似乎沒有跟耶俱矢說太多話，但耶俱矢親眼目睹她進去洗澡，以及上床睡覺。

也就是說——夕弦是在晚上到清晨的短短幾小時之內消失蹤影的。

「……你們看看這個。」

語畢，令音在桌上打開終端機。在那小小的螢幕上顯示出看似公寓某個房間的影像。

好眼熟的景象。是耶俱矢與夕弦兩人居住的房間寢室。房裡深處擺著兩張床，兩名容貌一模一樣的少女各別在上頭睡覺。

「原來有拍這種東西啊。」

「……是啊。不只八舞姊妹的房間，所有七罪可能化身成的嫌疑犯房間裡，都裝設了全自動感應攝影機。我想如果是在四下無人的情況下，她搞不好會露出狐狸尾巴。」

令音如此說完，便再次操作起終端機。螢幕上顯示出的八舞姊妹影像開始快轉播放。隨著設置在房裡的時鐘指針一圈又一圈轉動，兩人的睡姿快速變換，令人看得眼花撩亂。

「……快到了。」

令音說完，按下手邊的按鍵，將播放速度調回正常速率。

不久，當時鐘的指針指向凌晨零點時——

「什麼……」

「這是什麼情況……」

士道與琴里兩人異口同聲說道。

顯示於主螢幕上的八舞姊妹寢室，中央畫面產生一陣扭曲變形後，隨即憑空出現一把像掃帚一樣的東西。

「那是——〈贗造魔女〉……？」

沒錯。那個物體正是幾天前士道親眼目睹的七罪的天使〈贗造魔女〉。

〈贗造魔女〉緩緩張開前端，逐漸展露出宛如鏡面的內部。

接著，鏡面閃過一道光芒。

在床上睡覺的夕弦身體便立刻發出淡淡的光輝，被吸進那面鏡子之中。

「……！夕弦！」

當然，那是發生在影像畫面中的事。即使士道放聲吶喊也是枉然，夕弦的身影已經消失得無影無蹤。

將夕弦吸進體內的〈贗造魔女〉緩緩關閉前端後，立刻消融於虛空中。

「……就如你們所看到的一樣。」

令音將椅子旋轉一圈，面向士道。

「……夕弦被七罪的天使〈贗造魔女〉給綁架了。恐怕七罪也是以同樣的方式，將她化身而成的『某人』從這個世界上消除了吧。」

「夕……夕弦她平安無事嗎……？還有，七罪變身而成的『某人』……！」

士道說完後，令音便面有難色地垂下視線。

「……我也希望她們沒事，不過照現況看來，我不敢斷定。」

令音以沉著的聲音如此說道。士道不知該將在腦海裡翻騰的焦燥與憤怒往何處宣洩，使勁地搔了搔頭。

「我到底該怎麼辦才好……！」

「……你能做的只有一件事，就是盡早從嫌疑犯當中找出七罪。」

「沒錯。」

彷彿配合令音說的話，琴里從嘴裡拿出原本舔著的加倍佳棒棒糖，狠狠指向士道。

「沒時間了——開始我們的戰爭(DATE)吧。」

接著露出銳利的視線如此說道。

時間回到現在。地點是天宮東公園。

當士道回想著在〈佛拉克西納斯〉所發生的事情時，坐在身旁的琴里當場站起身來，走了幾步後雙手扠腰、兩腿大張，氣勢洶洶地擋在士道的視線與噴水池之間。

「琴里……？」

「喝啊！」

士道一抬起頭，琴里猛烈的手刀便朝著他的頭頂飛了過來。

「好痛！妳……妳幹嘛啦，琴里！」

「少給我一臉垂頭喪氣的表情。你以為你煩惱，夕弦就會回來嗎？」

「這……這種事……！」

士道揚聲大喊——中途又像是念頭一轉似的甩了甩頭。

「……不，妳說的沒錯，琴里。現在不是鬱鬱寡歡的時候。」

士道說完，琴里便從鼻間哼了一聲，豎起嘴裡含著的加倍佳糖果棒。

「知道就好。光煩惱也解決不了任何問題。如今對方一聲通知也沒有就擅自追加規則，我們更應該打起十二萬分精神。不對……與其說追加，倒不如說詳細規則已經明朗化比較恰當吧。」

琴里憤恨不平地皺起眉毛。

詳細規則明朗化。這無庸置疑是指昨晚發生在夕弦身上的現象吧。

「『趁所有人消失之前』……卡片上面寫的最後一句話，果然就是指這件事吧。」

「應該沒錯。接下來說的只是我的猜測……恐怕每經過一天，〈贗造魔女〉就會讓嫌疑犯其中一人消失。要是十一名嫌疑犯全都消失，只剩下七罪化身而成的『某人』，就是七罪獲勝。反之，只要在所有人消失之前找出七罪，就是士道獲勝。」

琴里豎起一根手指，一一說出她的想法。的確，若是照七罪寄來的卡片上所寫的文句字面來解釋，應該就是這麼回事吧。

「……我真的有辦法揪出七罪嗎？」

「我不想聽你說喪氣話。夕弦消失之後，嫌疑犯包括我在內還剩十一個人，只剩下十天的時間了。」

「嗯……妳說的對。」

士道大大地點點頭，同意琴里說的話。

接著再次——陷入片刻沉默。

於是琴里一臉不耐地開口說道：

「……所以，士道……」

「嗯？怎麼了？」

「在下一場約會開始之前，你只剩三十分鐘左右的時間了。」

「咦？喔……對啊……」

士道含糊地回答後，琴里的臉立刻垮了下來。

「我的意思是，你不用調查我嗎？」

「啊……」

經琴里這麼提醒，士道這才瞪大了雙眼。

對喔。直到剛才為止士道壓根忘得一乾二淨，眼前的這個琴里也有可能是七罪變身而成的冒牌貨。

當然，士道並不想懷疑剛才給予當頭棒喝、激勵自己的可愛妹妹。不過，若是身為〈拉塔托斯克〉司令的琴里是冒牌貨，帶來的損害勢必會更勝其他人一籌吧。為了今後著想，這下非得證明琴里的清白不可。

「說的也是。那麼，我來問妳幾個問題……」

「……在這裡嗎？」

「咦？」

「……雖然名義上是調查，但這好歹是約會吧？」

士道聽了發出「……啊」的一聲，搔了搔臉頰。

令他想起昨天琴里和令音鬥嘴的內容。

沒錯。現在因夕弦消失的異常事態而陷入一籌莫展的困境，但這畢竟是約會。雖說琴里十分理解現在的情況，但也不能機械式地提問完就結尾。

士道輕輕嘆了一口氣後，從長椅上起身，對琴里伸出手。

「——是啊，稍微散散步吧。」

「……嗯。」

琴里一臉悵然若失的模樣，但臉頰微微泛起紅潮，握住士道的手從長椅上站起身。

然後，兩人就這麼牽著手漫步於公園外圍。

「總覺得……我們也好久沒有像這樣散步了呢。」

「嗯……對啊。」

「我還是問一下，妳還記得我們六月在哪裡約會嗎？」

「當然記得，在海洋公園呀。」

「哈哈……沒錯。」

士道說完，琴里便哼了一聲。

「不過，如果我是七罪，問這種問題或許沒什麼意義喔。」

「咦？這話怎麼說？」

「你想想看，雖然我被禁止搭乘〈佛拉克西納斯〉，但我還是知道大概的調查方針喔。事先調查好過去的事情不是理所當然嗎？」

琴里說著揚起嘴角冷冷一笑。士道的臉頰滲出了汗水。

「喂……喂喂，別開玩笑了啦。」

「如果是開玩笑倒還好。不過還是得……就是那個，應該也有必要用不受那種因素影響的方式來調查吧？」

不知為何，琴里移開視線如此說道。

「？要用什麼樣的方法啊？」

「我只是打個比方，例如為了觀察對方的反應，試看看……之類的。」

「試看看？試什麼？」

「那……那是……你想想看，就是那個……那個嘛……接……接——」

「——啊！」

士道靈光一閃，挑起了眉毛。

所幸——士道想到了那個方法。

「——琴里，妳可以閉上眼睛一下嗎？」

「！啊……嗯、嗯……」

士道說完，琴里的臉頰立刻微微染上一抹紅暈，並垂下視線。

「……看我的！」

士道趁琴里閉上眼睛的空檔，將兩手伸向她的頭——搶走繫在她頭髮上的黑色緞帶。

「嗚……嗚呀——！」

或許是因為感受到原本綁起的頭髮輕撫肩膀的觸感而察覺到了異樣，琴里發出驚愕的聲音。

然後露出驚慌失措的模樣，不停用手掌觸碰自己的頭確認緞帶不在頭上後——

「嗚……嗚哇啊啊啊啊！」

便淚眼汪汪地撲向搶走緞帶的士道。

「哥……哥哥！你幹什麼啦！還給我！還給我啦！」

琴里帶著哭腔大聲吶喊，並跳著試圖搶回士道手中的緞帶，跟先前態度傲慢的司令官大人簡直判若兩人。

琴里平常就對自己施加強力的思維模式，繫上黑色緞帶時能維持住「強勢的自己」。相反的，解開緞帶或是繫上白色緞帶時，則會轉變為天真無邪的可愛妹妹模式。

——也就是，像現在這樣。

「哥哥！哥～～哥！」

「…………」

雖然已經確認完畢，不過或許是最近都沒看到白色緞帶模式的琴里，如今像隻小兔子一樣蹦蹦跳跳的琴里莫名地可愛至極。士道將緞帶垂放在琴里眼前，然後看準她跳起來的時機再高高舉起手，如此重覆了好幾次。

「嗚……嗚嗚……」

琴里一開始還拚命地想抓住緞帶，但不久便皺起臉，開始吸起鼻涕。

「抱……抱歉、抱歉。還妳，琴里。」

可能鬧過頭了。士道心裡這麼想，將緞帶遞給琴里後，琴里便以驚人的速度一把搶過，將頭髮綁成雙馬尾。

然後緩緩地……抬起頭，對士道投以銳利的目光。

「士道……你這個人呀……」

「哎……哎呀！太好了、太好了。看來妳……妳是貨真價實的琴里呢！」

士道發出宏亮的聲音，強調「剛才的行為終究只是為了確認真偽的手段」。然而，琴里似乎完全聽不進耳裡。

「琴……琴里？妳冷靜點——」

「少廢話——！」

琴里施加絕妙迴旋的右直拳狠狠地陷入士道的臉。

◇

「……士道，汝那張臉是怎麼回事……」

士道結束與琴里的約會，來到下一個地點後，等待在那裡的耶俱矢一看到他的臉便一臉疑惑地皺起眉頭。

話雖如此，或許也怪不得她吧。畢竟士道受到琴里冷酷無情的報復，臉頰腫得紅通通的，為了止住噴發而出的鼻血，將揉成長條狀的面紙塞進鼻孔裡。至少……稱不上是前來赴約的樣子。

「沒有啦……在來的路上突然被街頭的拳擊手給揍了一頓。」

「這……這樣啊。」

耶俱矢的表情擺明了不相信士道的說詞，不過或許是隱約察覺到他有什麼苦衷，便沒有再追究下去。

順帶一提，現在耶俱矢身上穿的是鑲著英文字母、十字架以及骷髏頭等設計感十足的襯衫，以及纏上許多鐵鍊與皮帶的褲子，也就是所謂的哥德龐克風打扮。據說是令音帶她去買生活用品和衣服時，她對這套服裝一見鍾情，馬上就決定買下。

「是喔……不過話說回來，早上那件事還真是嚇了本宮一大跳吶。既然是檢查，就事先通知一聲說要檢查才合情合理嘛。」

耶俱矢擺出一副莫名帥氣的姿勢，撥了撥劉海。如今她的臉上已經看不見今天早上眼眶含淚、氣急敗壞的模樣了。

之所以會如此，也是因為在那之後令音向她解釋夕弦為了做檢查，暫時前往〈拉塔托斯克〉的總部。

雖然這個藉口頗為牽強……但看來還是成功說服了耶俱矢。

「總覺得耶俱矢這傢伙……看起來比想像中還要有精神呢。」

『……如果真是如此就好了。』

士道嘆著氣輕聲說完，耳麥便傳來令音苦惱的聲音。

「咦？」

士道原本想反問——耶俱矢不滿的聲音卻打斷了他。

「喂，士道，汝有在聽嗎？漏聽本宮說的話，可是褻瀆神明的行為喔。像汝這種冒失鬼，最好全身被業火灼燒，然後墜入無底深淵吧。」

「啊啊……抱歉、抱歉。我會跟他們說要他們以後多注意。」

「嗯，就這麼做吧。話說，夕弦的檢查到底要做到什麼時候呀？」

「咦？喔……喔……因為是去總部嘛，所以大概要花十天左右……」

士道稍作思考之後如此回答。

十天。那是考慮到現況，七罪遊戲的最後期限。

仔細想想，那或許是士道下意識表明自己無論如何都得在期限到來之前找到七罪、救出夕弦的決心。

「……這樣啊。」

聽見士道的回答，耶俱矢露出興味索然的表情苦著一張臉，輕聲說道。

不過她又旋即清了清喉嚨，以最佳角度望向士道。

「呵呵，那還真是漫長吶。汝就盡力祈禱本宮不會感到厭倦吧。」

「喔……說的也是。我會拜託他們，要他們盡早結束夕弦的檢查。」

「嗯，汝辛苦了。話說，士道啊。」

耶俱矢點點頭後，在原地華麗地轉了一個圈，接著豎起一根手指，用力指向矗立在自己背後的建築物。雄偉的白色建築物屋頂上聳立著一支巨大的保齡球瓶。

沒錯。〈拉塔托斯克〉指定士道與耶俱矢約會的場所，正是從天宮車站徒步十五分鐘左右的一間保齡球館。

「本宮還在想汝怎麼突然約本宮，原來是想和本宮一決勝負呀。」

「不，我並不是想跟妳一決勝負……」

「呵呵，汝的勇氣本宮十分讚賞，不過汝難道不覺得自己有些逞匹夫之勇嗎？本宮可是颶風皇女八舞耶俱矢！汝根本毫無勝算可言喔！」

即使士道搔著臉頰反駁，耶俱矢似乎也置若罔聞，再次擺出莫名帥氣的姿勢對士道如此說了。看來就算對手不是夕弦，她體內的好勝因子依然健在。

不過，如果這樣能稍微排遣夕弦不在她身邊的寂寞，倒也無妨。士道輕輕嘆了一口氣，便與耶俱矢一同進入了保齡球館。

跟櫃台租借了保齡球鞋以及保齡球後，士道正打算走向指定的球道。

此時，耶俱矢拉了拉士道的衣角。

「等……等一下，士道。汝看那裡。」

耶俱矢的眼裡散發出難以言喻的光彩，用手指向櫃台的內部。士道轉過頭循著她的指尖方向看去。

那裡是擺放著各式各樣保齡球用品的販賣區。展示櫃裡陳列著剛才士道兩人租借的保齡球鞋、保齡球，以及收納這兩種用品的保齡球包。

士道一瞬間想脫口說出「用租的就夠了吧」——但他馬上發現耶俱矢指向那裡的真正用意。在保齡球旁並排著職業保齡球手慣用手上經常戴著的十分帥氣的護手，而且似乎沒有提供租借的服務。

「……真拿妳沒轍。」

士道輕輕嘆了口氣，走向販賣櫃台買了一個女性用的護手，遞給了耶俱矢。

「拿去，妳戴戴看。」

「唔……唔喔喔！」

耶俱矢的臉看似興奮地泛起紅潮，迅速將護手戴在慣用手上。

「這就是傳說中的煉獄護手……！」

「傳說嗎？」

「呵呵，士道，汝把此等神具貢獻給本宮之手不要緊嗎？一開始孰勝孰敗一目瞭然的比賽，又會產生壓倒性的差距囉？」

耶俱矢如此說完，用戴好護手的手臂做了一個投球的姿勢後，一臉欣喜地換上保齡球鞋，往球道的方向跑去。士道無奈地聳了聳肩，跟隨在她的後頭。

「好了，開始吧。本宮特別讓汝先攻。呵呵，盡情地掙扎吧！」

「是、是……」

士道說著拿起球，正要走向設置好保齡球瓶的球道時，耶俱矢發出聲音制止。

「等一下！對了，本宮想到了一個好主意。」

「嗯……？什麼主意？」

「只是分出高下未免太無趣了。吾等就在這裡打個賭，輸的人要聽從贏的人一個願望，這樣如何？」

「咦咦……那是什麼條件啊。」

士道露出一臉不情願的表情，耶俱矢便以戴著護手的那隻手帥氣十足地遮住半張臉，嘴上浮現一抹無所畏懼的笑容。

「呵呵，怎麼？事到如今突然害怕起失敗了嗎？」

「不，比起失敗，我更擔心不曉得會被要求什麼……」

就在士道的臉頰滴下汗水，話說到一半的時候，右耳傳來令音的聲音。

『……哎，應該沒問題吧。如果她提出什麼超乎常理的要求，我們這邊會制止她。』

「…………」

士道唉聲嘆了一口氣，接著面向耶俱矢。

「知道了啦。不過，既然妳要附加這種條件，我也會拿出真本事應戰。」

士道說完，耶俱矢便喜孜孜地揚起嘴角微微一笑。

「哈哈哈！愈來愈有意思了嘛！也罷，就讓本宮見識見識汝所謂的真本事吧！本宮要輕易讓汝俯首稱臣！」

「這可是妳說的喔……走著瞧吧。」

士道露出銳利的視線後，以漂亮的姿勢投出球。

十三磅的紫紅色保齡球筆直地在球道上滾動──朝排成V字形的球瓶中央衝過去。球瓶響起清脆悅耳的聲音接二連三倒下，於是設置在球道上方的液晶螢幕上顯示出表示全倒的標記。

「好耶！怎麼樣啊！」

「哦哦～挺有兩把刷子的嘛！如果不這樣就沒有意思了呀！」

「哼哼，畢竟我偶爾會跟殿町他們來打保齡球嘛，可不會那麼簡單就輸給妳。」

士道說完，得意洋洋地環抱雙臂。

不過，耶俱矢卻絲毫沒有表現出驚慌失措的模樣。她拿起橘色的保齡球後，緩緩地走到球道前方。

「呵呵，汝就睜大眼好好將吾颶風皇女所施展的旋風看個仔細吧。然後明白自己有多麼無能為力……！」

耶俱矢如此說完，使勁轉動拿著球的手。

「絕技！翔亂暗黑旋風彈——！」

大喊出神祕的招式名，竭盡全力將球拋向球道。響起「叩！」的沉重聲音，周圍傳來微微的震動。

「喂、喂，耶俱矢，妳投保齡球的方式——」

士道無奈地嘆著氣，話才說到一半突然止住了話頭。

因為耶俱矢拋到地板上的球「嘰嘰嘰嘰！」地發出有如車子急速發動的輪胎聲，氣勢驚人地往前滾。雖然不清楚是如何做到的，不過保齡球似乎旋轉得十分猛烈。

於是冒著煙橫衝直撞的球輕而易舉地轟飛排列在前方的球瓶。飛舞在空中的球瓶，也連帶打倒左右球道的所有球瓶。

三條球道的液晶螢幕上同時出現表示全倒的記號。

「看到了嗎！吾之必殺翔亂暗黑旋風彈！」

「太離譜了吧，喂！」

「呵呵，此等遊戲，吾早已跟夕弦對決過了！這琢磨到爐火純青的絕技，就讓汝好好看個仔細吧！」

耶俱矢旋轉一圈後看向士道，露出勢在必得的笑容。

——之後約過了一個小時。士道敗得體無完膚。

雖然好不容易才成功勸阻耶俱矢別把隔壁球道的全倒紀錄算進來，但那也不過是一時的安慰。士道的分數絕對不差，不過在耶俱矢三番兩次使出絕技，遊戲進行到後半段時，差距已經拉大到無法翻盤的地步。

「呵呵，看來是本宮獲勝了吶！不過，汝努力奮戰的行為值得讚許！」

「……我深感光榮。」

士道高舉雙手表示投降並如此說道，耶俱矢便心滿意足地點了點頭，露出唯我獨尊的笑容環抱雙臂。

「好了，汝應該沒有忘記吧。吾等在進行聖戰之前所訂立的契約！」

「我記得一清二楚啦……所以呢？妳打算要我做什麼事？」

士道說完，耶俱矢突然表現出正經八百的態度，開始東張西望地窺探周遭。

「嗯？妳怎麼了？」

「……這裡因為地脈的關係，『氣』的流通不佳。吾等換個地方說。」

耶俱矢拉起士道的手，踏著沉重的腳步緩緩走向建築物內部。

「喂……喂，妳要去哪裡啊？」

「少囉嗦，閉上嘴乖乖跟我走——喔，正好，我們去那裡談吧。」

耶俱矢所指的地方，是擺放成排自動販賣機的休息區裡，位於最深處的販賣機後面的長椅。

「去那裡坐吧。」

「好……好的……」

雖然不知道耶俱矢有何意圖而感到不安，但現在的士道並沒有權利拒絕。他乖乖順從耶俱矢，在長椅上坐下。

耶俱矢一語不發地坐到士道身旁，一改先前的態度，鄭重其事地輕啟雙唇：

「……那麼，本宮要命令汝了。汝專心聽便是。」

「什……什麼……？」

看見耶俱矢非比尋常的模樣，士道的額頭滲出汗水，同時皺起眉頭。耶俱矢目不轉睛地直盯著士道，繼續說了：

「——汝發誓在接下來的十分鐘內，無論本宮做出什麼事，汝都絕不驚訝、慌亂，並且照單全收。以及，發誓絕對不對任何人洩漏這段期間所發生的事。」

「咦……？」

「快發誓！」

耶俱矢口氣強硬地說了。士道被她駭人的魄力給震懾住，不由自主地點了頭。

「我……我知道了啦……」

「很好。」

耶俱矢微微頷首，默不作聲了一會兒——

才見她上半身冷不防往旁邊倒，她的頭隨後便靠到了士道的大腿上。

「……！」

這突如其來的舉動令士道差點驚叫出聲，但在千鈞一髮之際忍了下來。因為他剛才跟耶俱矢約好絕不驚訝慌亂——也不能拒絕。

「呵呵，躺起來挺舒服的嘛。若是汝哭著哀求本宮，本宮倒是可以考慮雇用汝當本宮的專屬枕頭喔。」

「我……我說妳啊……」

「哦？汝這個手下敗將是打算忤逆本宮嗎？」

「唔……」

士道一臉懊悔地皺起眉頭。耶俱矢看似心情愉悅地呵呵大笑。

「呵呵，愉快、真愉快。吶，也順便摸摸我的頭吧。」

「……遵命。」

士道死心般嘆了一口氣後，輕撫耶俱矢的頭，然後直接以手代替梳子梳理她的頭髮。耶俱矢看似感到搔癢般露出微笑、扭動身軀。

「嘎！」

接著，不知耶俱矢想起了什麼事，翻了一個身，將身體改為俯臥的姿勢後，雙手摟著士道使勁施力。

「喂……」

「……汝不是答應不慌亂嗎？」

「唔……」

聽她這麼一提，士道才想起來。他只好在內心偷偷感到混亂，而耶俱矢便維持這個姿勢好一會兒都沒動靜。

「耶……耶俱矢……？」

不知過了多久，士道戰戰兢兢地出聲問道。

「……嗚……嗚啊……！」

於是耶俱矢開始輕聲啜泣。

「耶……俱矢……？」

「……嗚、嗚、嗚……！……夕弦……夕弦……！」

聽見耶俱矢嗚咽著輕聲呼喚的名字，士道愕然倒抽一口氣。

「耶俱矢，妳對夕弦的事──」

士道不禁脫口而出。耶俱矢吸了吸鼻水，發出顫抖的聲音說道：

「……你們沒有找到夕弦對吧……這種事我還看得出來，少瞧不起人了。」

「那……那是──」

「不過──」耶俱矢接著說：

「……我不要知道這件事比較好吧……那麼，我就相信你。因為那個時候，給予我和夕弦第三個選項的，就是士道呀……」

「耶俱矢……」

「所以……拜託你，把夕弦……把夕弦──」

「…………」

士道緊咬牙關，將手溫柔地擱在耶俱矢的頭上。

──接著，過了十分鐘。

如同一開始的宣言，耶俱矢在整整十分鐘後突然停止哭泣，從自動販賣機後面走出來時，已經完全恢復先前的狀態。

令人訝異的自制力。士道摸著她的頭誇獎她：「真了不起呢。」耶俱矢便紅著臉回應：

「……真囉嗦。」

◇

打完保齡球，送耶俱矢回到公寓之後，〈佛拉克西納斯〉彷彿算準時機般與士道聯絡。

『……嗯，辛苦你了呢，小士。』

「不會……重要的是，令音。」

士道這麼說著催促話題繼續下去，令音便回答「……好的」，接著說：

『……不好意思這麼趕，不過沒時間了。要請你進行下一個約會。』

「我知道。我一定……會把七罪找出來，然後讓夕弦回到耶俱矢身邊。」

士道緊緊握住拳頭，重新表明他的決心。

並非至今他的態度鬆懈，只是跟耶俱矢約會之後，士道想找出七罪的心情變得更加強烈，這一點也是不爭的事實。八舞姊妹果然還是得在一起才完整，無論是誰，都不准拆散她們兩人。

『……很好。那麼前往下一個目的地吧。地點是天宮車站東口前的咖啡廳。一如往常，我已經以你的名義向目標人物提出約會邀請。再過三十分鐘左右，對方應該就會抵達。』

「好的。接下來要跟誰約會？」

『……喔喔，是你們班上的山吹亞衣。』

聽見令音說的話，士道的眉毛抽動了一下。

山吹亞衣，士道班上三大名女人之一。話說回來，她們也在嫌疑犯的名單之中。

不過硬要說的話，跟她們交情深厚的並非士道，而是十香，士道鮮少跟她們單獨說話。

更何況七罪化身成士道的時候，似乎對那三人組做了許多調戲的舉動，導致對方十分防備士道。老實說，對方難應付的調性跟殿町不同，是個棘手的人物。

「……順便問一下，妳是怎麼約她的？」

『……嗯？因為她跟十香和四糸乃等人的情況不同，我無法代替你約她，所以就在今天白天事先放了一封信在學校的鞋櫃裡。』

「信……信……？上面寫些什麼？」

『……「山吹亞衣小姐，我有事想單獨跟妳說。放學後下午六點，我在車站前的咖啡廳等妳。五河士道」。』

「……嗚喔喔……」

聽見令音輕描淡寫的文句，士道扶著額頭呻吟。

該怎麼說呢……這內容超容易引人誤會的。不對……既然是以約會的形式為出發點，也不能完全說是誤會。

『……怎麼了嗎？』

「不……沒什麼。」

士道如此回答後，像是要打起精神似的甩了甩頭。

沒錯，沒時間因為這種小事意志消沉了。士道現在該做的事，就是盡早仔細調查完剩下的嫌疑犯，揪出七罪。士道輕輕拍了拍臉頰，邁開腳步往車站前面的方向走去。

……不過，士道搔了搔臉頰。

士道與亞衣之間的關聯性、前陣子七罪化為士道所引發的騷動、在這時收到以士道名義送出的邀請信……以及，女孩子的習性。

綜合以上所有要素推論出的答案便是——

「……果然沒錯。」

三十分鐘後，在車站前的咖啡廳。

看見眼前不出意料的光景，士道的臉頰滲出了汗水。

「果然沒錯什麼呀！」

「有意見嗎！」

「你這混帳是怎樣！」

士道對面的座位上，從右到左分別坐著亞衣、麻衣、美衣三人。事情一如士道所料。

前往這裡的途中，士道便隱約感覺到一股不祥的預感。在那種情況下收到士道寫了那種內容的邀約，只要是正常的女孩子肯定都會有所警覺，想必不會老老實實一個人前往赴約。沒被放鴿子，搞不好算是非常幸運了。

『……唔，嫌疑犯其中三人都到齊啦。沒辦法，雖然難度有點高，就一次調查三個人吧。』

「……了解。」

士道小聲回答後，重新面向坐在對面位子上的三名女生。

由於算是士道請客，點了三人喜愛的蛋糕套餐，感覺她們的態度比剛開始見面時軟化了一些。即使如此，三人仍舊臭著一張臉。士道暗自思索著該跟她們聊些什麼才好。

結果，三人看似不耐煩地搶先士道一步說話：

「……所以，你寫這種信叫人出來，到底有什麼事？」

「這是，咦？是情書嗎？怎麼，五河，原來你看上亞衣啦？」

「聽妳這麼一說，我才想起上次發生的那件事。他掀了我跟麻衣的裙子，卻只在亞衣的耳邊吹氣對吧。」

「不……不是啦，並不是這樣……」

總覺得話題好像開始往奇怪的方向發展了。士道連忙加以否認，但三人似乎不怎麼搭理他的說詞。

「咦？真的假的？五河對我？咦……咦咦……這個嘛，你有這樣的心意我是很開心啦，不過我已經……」

「就是說呀。亞衣已經有岸和田同學這個意中人了！沒有五河你介入的餘地！」

「沒錯、沒錯！亞衣現在正單戀著超草食知性眼鏡男，即使約他出去玩也會超級自然地忽略的岸和田同學！」

「喂！妳們兩個！幹嘛洩人家的底啦！」

亞衣滿臉通紅地吶喊。不過就算聽到這種事，士道也不打算到處宣揚就是了。

「總……總之！我不知道你有什麼企圖，但是你都已經有十香了，還寫這種信給其他女生，簡直不可原諒！」

「就是說呀！怎麼，難道有十香這種超級美少女喜歡你，你還不滿足嗎！妄想要來個一夫多妻嗎！」

「啊！說到這裡，五河同學也有對鳶一同學出手吧。咦？難不成你每晚都酒池肉林？嗚哇！好骯髒呀！」

三個人「呀！」的大叫出聲，彼此靠攏椅子後丟著士道不管，交頭接耳地繼續剛才的話題。

「話說回來，有個轉學生是叫時崎同學吧？五河也有對她出手對吧？」

「啊～～有、有！真是見一個愛一個耶！」

「還有就是，之前有一次，不是有個神祕的小蘿莉來送便當給五河嗎？」

「嗚哇，確實有過沒錯～～不愧是坦誠自己有戀童、戀母、戀妹情結的人，做的事就是不一樣呢～～」

「咦？不僅戀童，還戀母又戀妹嗎？」

「嗯、嗯，我有聽說過。話說，我記得那件事也是五河幹的吧？聽說他帶著一個戴著狗耳朵和狗尾巴以及狗項圈，身穿學校泳裝的女高中生在公園裡四處溜達喔。」

「真的假的？我聽說的是他扯下女生裙子的事件耶。」

「呀！真是不敢相信！十香到底看上這種人哪一點啊！」

「啊，對了、對了，我是聽隔壁班女生說的——」

「……喂……喂～～……」

即使士道放聲大喊，三個人還是暫時沒有要停止嚼舌根的跡象。

◇

「……累死人了……」

當天晚上，結束所有約會行程的士道趴在客廳的沙發上，發出低沉的聲音。

亞衣、麻衣、美衣三人的長談，在那之後還是喋喋不休說個不停，等到士道解脫時，四周已經一片漆黑。雖然士道還是想盡辦法在她們說話的空檔，各別探了三個人的口風，不過那時士道的精神和肉體早已疲憊不堪。

回家後，享用琴里準備的晚餐（雖然主要是從超市買來的小菜，不過回家時飯菜早已端上桌的這一點以及琴里的心意，令士道開心得差點就要哭出來了），悠閒地泡個澡。即使如此，身體的疲勞還是沒有完全消除。

「我今天就不數落你『真是沒用……』了。」

琴里如此說完，從廚房慢慢走向士道，冷不防地拿出一個冰涼的東西觸碰他的臉頰。

士道一瞬間嚇了一大跳，但立刻就發現那是原先冰在冰箱裡的汽水。

「喔，謝啦。」

士道說完，琴里輕聲回了一句「嗯」，然後坐到沙發上。接著她打開另一隻手上拿著的飲料，大口喝了起來。

士道坐起身子，依樣畫葫蘆地打開汽水，將汽水灌進喉嚨裡。冰涼刺激的液體滲透體內的感覺逐漸蔓延全身。

「所以呢，昨天和今天調查之後的結果？」

琴里說著看向士道。士道微微頷首。

「……嗯，這個嘛，真要懷疑的話，是有一個可疑的傢伙……總之，在還沒調查完全體人員之前，我也不敢妄加斷定。」

「是喔……這樣啊。」

士道說完，琴里意外爽快地如此回答。

琴里會一一確認過士道與嫌疑犯之間的對話。或許她也從中感受到了士道發現的疑點。

「基本上，明天就會大致完成照片上所有嫌疑犯的調查。盡量早點上床睡覺，多少消除一點疲勞。」

「嗯，說的也是。我會的，不過——」

士道說著看向掛在牆上的時鐘。

「就算現在鑽進被窩……一時半刻應該也睡不著吧。」

「……我想也是。」

琴里聽完士道說的話，同時聳了聳肩。

理由非常簡單。

因為掛在五河家客廳的時鐘指針，再過不久就要指向凌晨零點。

沒錯。那正是昨晚吞噬夕弦的天使——〈贗造魔女〉出現的時間。

其實士道他們本來想派警衛到被拍到照片的所有人家中看守，不過既然對手是天使，這個舉動很明顯不具有太大的意義……更何況，在對方手上握有人質的情況下做出惹怒七罪的行為，實在稱不上是明智之舉。

恐怕今天——也將會有一個人消失。

「…………」

士道默默地回想起在〈佛拉克西納斯〉看見的影像，以及耶俱矢的眼淚滲入士道大腿的溫熱觸感。無力感。即使內心思索著不能再讓七罪為所欲為，但無法阻止〈贗造魔女〉吞噬某人的焦燥在士道的心中亂竄。

——就在這個時候……

時鐘的長針與短針指向十二點的瞬間，相當於五河家客廳中心的空間開始扭曲歪斜。

然後，形狀猶如掃帚的天使從中現身。

「什麼……！」

士道皺起眉頭，繃緊身體。為什麼天使會出現在這裡……！

不過，士道立刻猜到那個可能性。沒錯。琴里——嫌疑犯其中一人，不就在這裡嗎！

「琴里！」

士道高聲吶喊，當場扔下喝到一半的汽水，猛然張開雙手守護琴里，擋在〈贗造魔女〉前面。〈贗造魔女〉的前端彷彿配合著士道的舉動，緩緩張開，露出鏡子般的內側。

「士道！很危險！快讓開！」

可是──無論經過多久，〈贗造魔女〉依舊沒有要吸收琴里的跡象。

相反的──

「──呵呵！」

〈贗造魔女〉體內傳來這樣的笑聲。

士道覺得古怪，朝聲音來源看去，發現〈贗造魔女〉的鏡子部分映照著七罪的臉孔。

「七罪……！」

「在～～好久不見了，士道。」

七罪語氣輕鬆地揮了揮手，揚起嘴角。

「遊戲第二天結束囉。你可有玩得盡興？」

鏡中的七罪歪著頭詢問。於是士道緊咬牙關。

「……妳到底打算怎麼樣？」

「你問我打算怎麼樣？」

「夕弦──人在哪裡？」

士道如此問道，七罪便呵呵輕笑，聳了聳肩。

「這是祕、密。只要你能確實猜中我，我就還給你。不過，若是你直到最後都無法猜中──到時候，她的『存在』就是屬於我的了。」

「『存在』……？」

士道蹙眉問了，七罪隨即悠然點了點頭。

「是呀。我若是贏得這場遊戲，消失的嫌疑犯就再也不會回來了。將由我以她的面孔、聲音及模樣，代替她享受這個世界。」

「…………！」

聽見七罪說的話，士道嚥下一口口水。

幾近本人的冒牌貨，昂首闊步於本人消逝的世界。

簡單來說，七罪能夠完全取代夕弦本人，以及接下來有可能消失的某人。

「……開什麼玩笑。我不會讓妳得逞……！」

士道露出銳利的眼神說完，七罪便欣喜若狂地放聲大笑。

「那麼，方法很簡單。猜出我吧。好了，你覺得到底誰是我呢？回答時間……我想想，只要一分鐘就夠了吧？」

士道與琴里面面相覷，露出詫異的表情。

「回答……！現在嗎！」

「看來似乎是這樣呢……」

琴里一臉憤恨地瞪著七罪。七罪上下抖動肩膀發笑。

「呵呵！誰教士道要惹人家著急嘛。結果第一天一個名字都沒有講出來，所以我才想……稍微引導他一下。」

「……哼，還真敢說。」

琴里對她嗤之以鼻。不過，她可能立刻領悟到現在不是對七罪冷言冷語的時候，於是將視線投向士道。

「怎麼樣，士道？你剛才不是說有令你感到懷疑的人嗎？」

「對……我是說過，不過還沒有確切的證據——」

「你要是不說，今天又會有一個人消失。你就死馬當活馬醫，說說看吧！」

琴里催促般說了。士道思索了一會兒後，輕輕點了點頭。

「……也是。」

他面向映照在〈贗造魔女〉鏡中的七罪，開口說道：

「——七罪。妳變身而成的人是……四糸乃。」

「四糸乃？」

發出疑問的是琴里。士道的視線依舊落在七罪身上，繼續補充說明：

「……對，如果就昨天和今天調查完的結果來說，四糸乃是最不對勁的。」

「我還是問一下，理由是什麼？」

「……在所有調查過的人當中，她做出了最不像她會做的行為。」

話雖如此，這當然並非決定性的證據。只是跟其他人比起來，她比較突兀而已。只因為這種事就把她當犯人看待，士道也感到非常歉疚。但就現下而言，沒有其他可疑人物這一點也是不爭的事實。

「哦……」

七罪聽了士道的回答，只是這麼說了，然後彈了一個響指。

於是〈贗造魔女〉合上前端，回復成掃帚的模樣後，隨即消融在虛空之中。

「……消失了！這是什麼意思？士道到底是猜中了還是沒猜中……？」

琴里一臉疑惑地皺著眉頭。

然而，沒有任何人能解答這個疑惑。

——然後，當天夜晚。

「兩名」少女突然從自家床上消失了蹤影。

◇

隔天，十月二十四日。

相對於舒爽宜人的天氣，士道的心情卻糟到了極點。

這也難怪。因為〈拉塔托斯克〉捎來通知，說昨晚有兩名少女遭〈贗造魔女〉抹去了蹤影。

——是四糸乃以及亞衣這兩個人。

「四糸乃還有……山吹……都是我害的。」

『……不是這樣的。』

當士道自言自語般呻吟時，右耳的耳麥傳來令音的聲音。

『……在資訊有限的情況下，你已經表現得相當好了。絕對不是你的錯。』

「可是……四糸乃她……難道不是因為我說出她的名字……才消失的嗎？」

沒錯。當收到〈拉塔托斯克〉通知說消失的嫌疑犯有兩名，比前天還要多時，士道與琴里首先推斷出的假設便是如此。

也就是說，除了每晚固定消失的一名之外，當士道猜錯犯人時，可能會導致多一個人消失。

『……可能性很高。不過，小士，那是——』

「……沒關係，我明白的。這是兩碼子事。就算我猶豫不決，七罪也不會主動報上名來。再說……如果我老是垂頭喪氣，就太對不起為了我特地挪出寶貴時間的繁忙偶像了。」

士道說著拍了拍臉頰，露出一抹微笑。

沒錯。今天第一個約會對象，就是超人氣偶像——誘宵美九。

『……嗯，也對……對不起，小士。』

「為什麼令音妳要道歉啊？」

『……我自以為了解你的堅強和成長，不過差點又操多餘的心了。』

令音說完，有些自嘲地輕笑出聲。

她少見的反應讓士道感到有些害羞。他搔了搔臉頰，環顧四周。

「話……話說回來，總覺得……這裡有好多遊客穿著打扮都好奇特呢。」

士道等待美九的地方，是以前跟琴里約會過的遊樂園——海洋公園娛樂區的中央廣場。然而不知為何，今天看到的遊客穿著打扮都莫名有個性。以前來的時候，並沒有這種情況。

而且不單是有個性而已，每個人身上穿的，都是似曾相識的動畫或遊戲角色的服裝。沒錯……也就是俗稱的角色扮演吧。

『……啊啊，那是——』

「達——令——！」

此時，彷彿要打斷令音說話似的，從娛樂區入口方向傳來一道熟悉的聲音。是美九。

士道轉向聲音來源，微微舉起手正打算呼喚她時——

「嗨……呃，咦？」

他看見朝自己跑來的少女身影，露出一臉目瞪口呆的模樣。

因為出現在那裡的，是身穿以白色與紫色為基調，綴有荷葉邊的服裝……疑似美九的少女。

無法斷定對方身分的理由十分單純。因為她的臉上戴著一副遮住眼睛一帶的面具，彷彿等一下就要去參加面具舞會一樣。

「妳是美九……對吧？怎麼打扮成這樣？」

士道如此詢問，美九便得意洋洋地發出「哼哼」兩聲，擺出可愛的姿勢。

「怎麼樣呀？很適合我吧。這是『女武神蜜絲緹』第四名戰爭少女，月島花音喲～～是她在第六話現身救助蜜絲緹一夥人時，難得戴上面具的版本！」

「……咦？呃，什麼？」

「真是的！」士道一頭霧水地緊皺眉頭，美九便鼓起臉頰抱怨：

「你不知道『女武神蜜絲緹』嗎～～星期天早上播出，主打女生觀眾群的動畫呀～～」

士道聽了發出「啊」的一聲，挑起了眉毛。

「聽妳這麼一說，之前好像看過四糸乃在看……」

「咦！四糸乃也喜歡『蜜絲緹』嗎～～？呵呵呵～～聽到一件好消息了～～下次要邀請她來我家玩！」

美九露出開心的表情說完，泛起一抹微笑。

士道搔著後腦杓，指向美九的服裝。

「所以呢……為什麼妳要打扮成那個花音的樣子啊？」

「咦？你沒聽令音說嗎？海洋公園的娛樂區本週舉辦萬聖節活動，可以自由在園區裡面角色扮演喲～～」

「咦……是這樣嗎？」

士道把眼睛睜得圓滾滾的……不過這麼一來就說得通了。怪不得從剛才開始就有一堆角色扮演者走在路上。

「原來如此，是這麼一回事啊。不過，我還真不知道原來美九妳喜歡角色扮演呢。」

「我是喜歡沒錯啦～～不過你想嘛，畢竟我是知名人物呀～～」

「啊……對喔。」

聽美九這麼提起，士道才恍然大悟。四周不僅有人戴面具，甚至還有人穿著機器人的玩偶裝。確實在這種場合，像現在的美九一樣將臉遮住也完全不足為奇吧。

「不過，其實我的身分曝光也無所謂啦～～但是達令你似乎會介意……再說，難得的約會被別人打擾不是很掃興嗎～～」

「哈哈……呃，哎，也是，謝謝妳為我著想。」

士道苦笑著如此說了，美九便像是想起了什麼事一樣，捶了一下手心。

「對了！我專程為了達令準備了一套男生穿的角色扮演服，放在更衣室的置物櫃裡喲～～是拯救蜜絲緹他們脫離危機的神祕英雄，吉克大人的外套和面具！我去拿過來，你換上吧！」

「咦？不……不用了，我沒關係啦。」

「……那麼，我帶來當備用服裝的第二名戰爭少女，嗚崎芽衣的……」

「我覺得吉克超帥的！真想穿耶！」

誰受得了穿那種綴滿荷葉邊的衣服啊。士道高聲大叫後，美九便看似十分愉悅地在臉上堆滿了笑容。

「呀——！」

士道換完衣服走出更衣室後，美九立刻扭著身體，發出尖叫。

「好棒呀！超適合你的！達令，你好帥呀！」

「是……是嗎……？」

士道的臉頰滲出汗水如此說道。

總之，士道現在身穿一件包覆全身的漆黑大衣，戴著遮住臉孔的面具，頭上還戴著一頂長假髮。接觸到外面空氣的，如今只剩下耳朵這個部位了。

「……這個，只要體型不要相差得太誇張，大家外表看起來都一樣吧？」

「不對！才沒這回事呢！達令散發出來的氣息就是不一樣！」

「氣息……啊。」

「對！吉克大人雖然打扮成這副模樣，但是其實她的真實身分是第六名戰爭少女，叶野艾蜜莉喲～～」

「喂，等一下，我可沒聽說！」

「啊哈哈～～是這樣嗎？」

美九可愛地歪著頭，吐出舌頭。總覺得……看到她這副模樣，想生氣也氣不起來了。算了，沒被逼著穿上裙子就算不錯了。

更重要的是，這下子總算能開始約會了。「好耶！」士道在蓋著臉的面具底下輕聲呢喃：

「那麼，美九，一直站在更衣室前面也不是辦法，我們稍微逛逛吧。難得的約會，讓我們盡情地談天吧！」

「好！我非常樂意～～」

美九滿心歡喜地說完，便一把挽住士道的手臂，然後就這麼緊貼著他踏出腳步。

……幸好角色扮演有戴面具。士道現在一定害羞得滿臉通紅吧。他不由自主地想著這件事，並且開始提問：

「我問妳，美九——妳還記得我們第一次見面時的情形嗎？喏，就是妳一個人在天宮小巨蛋唱歌……」

「嗯～～我當然記得呀～～」

美九笑容可掬地點了點頭。士道在面具底下瞇細雙眼，繼續說道：

「打從我們一開始相遇時，美九就這麼熱情了呢。突然衝過來抱住我，嚇了我一大跳。」

「咦？」

聽見士道說的話，美九將眼睛睜得圓滾滾的。

「有發生過那種事嗎？那時的我，應該正處於極度厭惡男性的時期才對呀……」

「……沒有上當啊。」

「？達令，你剛才有說什麼嗎？」

「沒有，沒說什麼。也對，看來是我記錯了。」

士道如此說完再次望向美九，打算提出下一個問題。

不過，就在這時——

「那個……不好意思。」

有兩名穿著與美九類似服裝的少女出現在士道與美九面前，戰戰兢兢地出聲攀談。

「你們扮演的是花音和吉克大人吧？如果你們不介意，可以讓我們拍照嗎？」

「咦？呃……」

士道露出傷腦筋的表情搔了搔頭。士道也就罷了，但美九是偶像。雖說有戴著面具遮住容貌，但這種要求還是拒絕比較好吧──

「好的～沒關係喲～不過，妳們可要把我們拍得帥氣一點喲～」

然而，美九採取的舉動卻與士道的想法背道而馳。她滿不在乎地一口答應了。

「非……非常謝謝妳！那麼，我馬上……」

少女說著舉起手擺出拍照的姿勢。士道急忙湊向美九咬耳朵。

「喂，可以讓人家拍照嗎？」

「沒關係啦～反正有遮住臉～別管了，達令你也快擺姿勢。」

美九愉悅地如此說完，對士道下達詳細的指示。士道環抱住美九的腰，做出宛如雙人花式溜冰表演結束後擺出的極度不穩的姿勢。

「喂，這個姿勢感覺很不穩耶……」

「沒問題啦～好了，請拍吧～」

美九笑容滿面地說了。少女連續按下好幾次快門。

「啊！也可以從這個角度拍嗎？請看鏡頭！」

「好的～～請拍～～」

美九回應少女的要求，使勁弓起身體。

於是士道手臂的負荷急遽加重，原本重心就不穩的姿勢一口氣失去了平衡。

「嗚哇……！」

「呀！」

接著士道就這麼以撲倒美九的姿勢跌在地上。

「抱……抱歉！妳沒事吧？」

「沒事……達令真是的，好、大、膽♡」

看樣子美九並沒有受傷。她羞紅著臉，戳了一下士道面具的鼻子。

「……看來是沒事。」

士道半瞇著眼說完，倏地站起身，將美九從地上拉起來。

此時——士道發現到一件不尋常的事。

到剛才為止都還在拍照的少女們都露出目瞪口呆的表情，怔怔地站在原地。

「小……小美九……？」

「不會吧，是本人嗎？」

「……！」

聽見少女們說的話，士道愕然看向美九。沒錯，為什麼士道剛才會發現美九的臉頰染上一抹紅暈呢？

理由很簡單。因為跌倒的時候，遮住美九臉龐的面具不小心掉了下來。

「哎呀？」

美九發出從容的聲音說道，少女們的驚呼也紛紛傳到周圍角色扮演者的耳裡。

「咦？美九？美九是指那個美九嗎？」

「聽說誘宵美九也有來這裡參加角色扮演耶！咦？好像真的是她耶！是本人嗎？」

「嗚哇……真的假的？我是她的超級粉絲耶……」

「話說，跟她在一起的那個人是誰啊？男的還女的……？」

四周開始沸沸揚揚。

「我……我們快走吧，美九！」

士道在面具底下露出了愁眉苦臉的表情，拉起至今仍悠哉地睜大眼睛的美九的手，打算逃離現場。

然而美九卻像要抵抗般在手上施加了力道。

「怎……怎麼啦？美九？再不走的話，人群會愈聚愈多喔。」

「嗯嗯……我的腳好像有點扭到了……」

「咦？妳剛才不是說沒……」

士道想把話說完，美九便伸出食指抵住士道面具上的嘴唇。

「所、以～～……請抱我走吧。」

「什……什麼！」

聽見美九突如其來的要求，士道在面具底下瞪大了雙眼。

「妳……妳這傢伙在說什麼……」

「來～～吧……再不快點的話，等人潮一多就逃不掉囉～～」

「唔……！」

士道咬緊牙根，抱著美九的肩膀和雙腿，全身使勁施力，以俗稱的公主抱姿勢抱起美九。

然後就這麼逃離現場。

「呀！達令酷斃了！」

美九開心地放聲尖叫，摟住了士道的脖子。

「就說了，不要在別人聽得到的地方叫我達令啦……！」

士道揚起有如哀號的叫聲，奔跑穿梭在充滿角色扮演者的遊樂園中。

◇

結果，抱著美九甩開角色扮演者們，耗費了許多的時間和體力。

明明是平日，娛樂區裡卻到處充滿了渴望展示自己變身成果的遊客們。所到之處無不築起一道道人牆，試圖包圍住士道和美九。

好不容易突破重圍衝進了廁所，讓美九換上士道的服裝，才成功逃出生天——不過，此時士道的身體早已累積了深深的疲勞。

然而，士道沒有閒暇悠哉地休息。

結束與美九的約會，時刻是下午五點。士道特意換上制服，來到已經放學的學校。

為了與下一個目標——小珠老師見面。

『……我已經跟往常一樣，先跟岡峰老師約好了。她應該正在出路指導室等你。』

「了解。我馬上過去。」

士道簡短回答後，走在學生已變得零零星星的校舍裡。

途中，士道的腦海裡突然掠過一絲不安。他對著耳麥戰戰兢兢地詢問：

「……話說回來，妳是用什麼理由把老師叫出來的啊？」

沒錯。小珠老師也跟亞衣、麻衣、美衣她們一樣，是士道從未邀約過的人物。士道十分好奇令音究竟是以什麼樣的說法約老師出來的。

『……喔喔，我是跟她說你想找她商量未來的出路。』

「原來如此，這麼說還滿自然的呢。」

士道「呼～」的吐了一口安心的氣息，朝指定的地方前進。

不久，士道抵達出路指導室前方。

他敲了敲門，房間裡立刻傳來小珠老師說「請進～」的可愛聲音。

「打擾了。」

士道打開門走進房間，便看見小珠老師坐在沙發上，攤開桌上看似學生提交出來的作業講義。看樣子，老師似乎趁著等待士道的空檔批改作業。

「啊，五河同學。好久不見了呢。」

小珠老師如此說著，笑盈盈地將講義收成一疊，推到放置在桌角、看似與未來出路相關的書籍旁邊。

士道雖然覺得「好久不見」這個詞有點突兀……不過為了搜尋七罪，他昨天和今天都向學校請假，倒也不足為慮。

「總之，你先坐下吧。」

「謝謝老師。」

士道在小珠老師的催促下，坐到她對面的沙發上。接著，小珠老師露出溫和的表情，推了推眼鏡。

「呃，我聽村雨老師說，你想找我商量未來的出路……」

「是的，可以稍微聽我說一下嗎？」

士道點點頭後，小珠老師發出「唔……」的聲音，神情看來有些為難。

「那是沒關係啦……不過，為什麼不找出路指導的老師，而是找我呢？」

「咦？啊，這個嘛……」

士道不禁變得吞吞吐吐。聽她這麼一說，還真有道理。高中有專門負責指導出路的老師，如果有什麼疑問，通常會找負責的老師商量才對。

可是如果照實反應，接下來很可能會交接給出路指導的老師處理。士道緊握拳頭高聲說道：

「呃，該怎麼說呢……非得是岡峰老師不可！」

「咦……？」

士道說完後，小珠老師不知為何露出驚愕的表情。整體的感覺像是心臟受到劇烈衝擊被貫穿的神情。

「是要商量非我……不可的『出路』嗎？」

「是的。如果對象不是老師就沒有意義了。」

士道用力點點頭，小珠老師的臉上突然冒出汗水。

「咦、咦……？你……你的意思是……結──」

「咦？」

「沒……沒事！我什麼都沒說！」

小珠老師神色慌張地猛搖頭。士道歪著頭，不太能理解她的舉動。

總之，好不容易兩人獨處，最好盡早確認這個小珠老師到底是不是本人。士道如此判斷後，反覆思量──決定先問老師剛當上士道班導時的事。

「那個，老師，我想確認一下……妳還記得四月的事情嗎？」

「四月……啊！」

小珠老師看似想起了什麼事一般，愕然瞪大雙眼，猛力點點頭，力道強得甚至讓人擔心她的頭會不會被甩掉。

「我記得！我當然記得！五河同學，難不成……你終於下定決心了嗎？」

「什麼……？」

小珠老師出乎預料的反應，令士道看得目瞪口呆。她隨後從放在沙發上的包包中拿出幾本書，將正面朝向士道，一一擺在桌上。

「我有準備很多關於出路的書。如果有看到想要的，請跟我說喔！」

「呃，老師，我……」

試圖導回正題的士道，此時發現了一件非常奇怪的事。那就是小珠老師擺放出來的「出路相關」書籍。

首先是第一本，封面印著一位美麗新娘。是指結婚產業相關的工作嗎？

第二本是一對看似夫妻的男女以及可愛的小嬰兒刊登在封面上。這是……幼教老師專門學校的簡章……嗎？應該吧。

然後，第三本……應該說，那已經不是書，而是類似文件的東西。最頂端閃耀著「結婚申請書」的文字，新娘欄位上已經填好了名字、蓋上了印章。

「什麼……！」

看到這裡，士道才終於發現小珠老師對他產生天大的誤會。

話說回來，士道曾經在四月依照〈拉塔托斯克〉的指示，向小珠老師告白（應該幾乎算是求婚）過一次。

「那……那個，老師……？」

「五河同學……我好高興！我一直相信。那個時候因為太過突然，五河同學可能也因此感到退縮，但我相信等你冷靜下來之後，一定會再回到我身邊！啊……不枉我事先做好各種準備！

吶，五河同學，什麼時候要去拜見你的父母親呢？啊，在那之前先寫好這張申請書吧？咦？印章嗎？沒問題～我都準備好了。請你放心吧。我會等到你滿十八歲之後再提交給公所的！」

小珠老師的眼裡閃閃發光，並且一把拉住士道制服外套的袖子。士道發出「噫！」的驚叫聲屏住呼吸，當場站起身來。

「不……不好意思，讓妳誤會了──────！」

他大叫出聲，衝出了房間。

小珠老師仍然留在出路指導室裡露出一副陶醉的模樣，滔滔不絕地細數未來的家庭計畫。

◇

晚上七點。士道走在夜晚的街道上，為了與下一個目標人物約會。

第十二名嫌疑犯。這樣就即將調查完所有照片上的人物。

「…………」

士道一語不發地走著，將手抵在下巴反覆思索。

現在剩下的嫌疑犯有十香、殿町、琴里、耶俱矢、夕弦、美衣、美九、小珠老師，以及最後的嫌疑犯，共九人。

今天約完會的對象是美九和小珠老師。美九她記得第一次相遇時的情形，而小珠老師雖然沒太多交談，但似乎也記得士道四月跟她告白的事。這兩位都不像是七罪化身而成的。

如此一來，接下來要見面的最後一人……會是七罪嗎？

抑或是——七罪擁有甚至能複寫別人記憶的能力？

倘若真是如此，調查將會回歸原點。不僅得重新思考找出七罪的方法，今天又將有一人要被〈贗造魔女〉抹消蹤跡。

不過……這是什麼原因呢？

著手調查了三天，士道的腦海裡一直存在著一個小小的疙瘩。

毫無頭緒的猜測犯人遊戲。一天會消失一人，若是猜錯，遭指名的對象也會一起消失。士道必須在所有嫌疑犯消失之前，從中揪出七罪。

這樣理解，真的沒有錯嗎……？

有件事讓士道耿耿於懷，但他卻不知道那件事究竟是什麼。這難以釋懷的感受，使得士道不禁用力搔了搔頭。

『……小士，快到目的地了。』

「……啊……」

聽見令音的提醒，士道驚訝地抬起頭。他發現自己邊走邊思考，似乎走了一大段距離，還真虧沒撞上任何東西。

士道深深吐了一口氣警惕自己時，前方——士道前往的目的地傳來一道耳熟的聲音。

「——士道。」

「喔，折紙。」

士道微微舉起手回應最後的嫌疑犯——鳶一折紙的呼喚。

「抱歉，妳等很久了嗎？」

士道說完後，折紙輕輕地搖搖頭。

「我剛到。」

『……基本上我們還是有監視她。她好像一個小時前就在這裡等了。』

然而令音卻如此補充。士道無力地露出苦笑。

「？怎麼了嗎？」

「不，沒事……我是想說也好久沒有跟妳出門了。」

「是嗎？」

折紙如此說完點了點頭，表情依舊沒變，繼續說道：

「我也……很開心。」

「這……這樣啊……」

雖然外表看起來沒有任何改變，但士道與折紙來往久了，自然而然能隱約察覺出她微妙的感情變化。對於自己為了調查而與她約會這種極不單純的行為，士道感到有點心痛。

「所以，我們要看什麼呢？」

折紙抬頭仰望剛剛等士道赴約所待的建築物。上頭裝飾著好幾個巨大的電影看板。

沒錯。和折紙的約會場所，就是電影院。

「嗯，這個嘛……我還沒決定耶……」

「你還沒決定嗎？」

士道說完後，折紙抽動了一下眉毛。

士道屏住呼吸，心想糟了。士道主動約別人出來，卻還沒決定要看哪一部電影，實在太不自然──要不然就是太過優柔寡斷。

「呃，抱歉，不是這樣啦……啊，對了，就看這部吧！常常看到廣告在播預告片……」

當士道露出一副驚慌失措的模樣時，折紙沉著地繼續說道：

「那是表示，你並不是因為有想看的電影才約我，而是因為想跟我出門才約我的嗎？」

「咦？是……是啊。應該是……這樣吧。」

「…………」

士道含糊地回答後，折紙便面無表情地在原地跳了一下。

接著轉過身子，快步走進電影院。

「喂……喂，折紙？」

「過來。」

折紙帶著士道走向售票窗口，站在沒人排隊的窗口前朝售票人員豎起兩根手指。

「——晚上七點三十分開始的『黑色幻想曲』。『戀人』票兩張。」

「咦？」

面對流利說出這句話的折紙，售票小姐睜大了雙眼。

「呃……呃，兩張全票可以嗎……？」

「無所謂。」

「好……好的，那麼總共是三千六百圓。」

折紙接過電影票，將一張遞給士道。

「給你。」

「好……好的……謝謝妳。啊，今天是我約妳出來的，我來付錢。」

不過，正當士道要掏出錢包時，折紙制止了他。

「等一下再算就好。」

「咦？」

當士道瞪大眼睛時，折紙已逕自朝販賣飲料和輕食的櫃台走去。

士道搞不太清楚她的意圖，有些發愣地站在原地，右耳便傳來令音的聲音。

『……原來如此。即使看完電影，也不打算馬上放你回去啊。』

「…………」

聽了令音說的話，士道莫名感到背脊一陣發涼。

「我……我說，折紙，妳還記得六月發生的事情嗎？」

在電影正式放映之前，銀幕上開始播放新電影的預告片時，士道試探性朝坐在隔壁的折紙提出問題。

「六月發生的事？」

「對，就是啊……我們那時不是也曾約會過一次嗎？」

「當然記得。」

「真的嗎？當時是什麼情況啊？」

士道說完後，折紙點了點頭。

「十一點，在天宮站前廣場的噴水池前面碰面。十一點十分，去餐廳吃午餐。十一點十五分，士道去廁所。十二點，去電影院。十二點十分，士道再次去上廁所。我心想你可能肚子不舒服，下午兩點二十分，去藥局買藥。下午三點——」

「等……等一下！」

士道先讓滔滔不絕、流暢無比地列舉出事實的折紙冷靜下來。

「……妳怎麼記得那麼詳細……？」

士道的臉頰冒出汗水，折紙便點了點頭，開始翻找帶著的包包。接著她從裡面拿出一本像是書的東西。

「那是什麼？」

「日記。」

折紙簡短回答後，便將那本書遞給士道，而且還翻開頁面，像是示意要他看的意思。士道看了發現她確實是以分鐘為單位，詳盡地記述事實。

「真……真猛耶。」

士道帶著苦笑翻閱日記。尤其是士道向折紙告白那一天，以及士道第一次造訪折紙家時的日記，洋洋灑灑寫了約其他日記五倍的篇幅。

「……唔。」

士道看了那天的日記，臉上流下汗水。上頭寫著折紙在士道離開之後巡視了房間，結果發現前幾天撿的兔子手偶憑空消失了。應該是指「四糸奈」吧。旁邊還畫有插圖，肯定沒錯。

雖說是為了四糸乃，但曾經做出跟偷竊沒兩樣的事情，令士道感到十分心痛。不過……在看到之後記述著「士道帶走我的私人用品紀念日」的文句時，士道感到有那麼一點釋懷了。

「……既然擁有這種東西，就代表這個折紙是本人吧？」

『……還無法確定。寫日記的想必是鳶一折紙本人，但就算她現在手上握有那本日記，也無法肯定她就是真正的鳶一折紙。』

「也對……妳說的沒錯。」

士道「啪」地闔上日記，將它還給折紙。

在這樣東摸西摸時，銀幕突然暗了下來，開始流瀉出低沉的音樂。看樣子，似乎開始播放電影了。

此時，士道感覺到右手背上有一股柔軟的觸感。原來是折紙將自己的手放在士道的手上。

「哈哈……」

士道露出一抹苦笑，卻沒有甩開她的手，反而認為以她的個性來說，在電影放映中握住手的這個舉動十分可愛，甚至令人會心一笑。

然而，士道的想法太天真了。

「…………」

隨著電影播放，折紙的手漸漸不安分了起來。

原本僅是交疊的手開始撫摸士道的手背，接著像是倍感憐惜地沿著手的輪廓一根一根地撫著士道的手指，最後則以無比挑逗的動作用手指纏繞士道的指縫。

「噫……！」

被觸碰的明明只有右手腕至指尖的範圍，士道卻感受到彷彿有股電流竄過全身的衝擊。搔癢與愉悅交織的感覺排山倒海般一湧而上，令士道一陣頭暈目眩。

「士道……」

此時傳來一道猶如在耳邊細語呢喃的聲音。士道的眼睛骨碌碌地閃爍游移。

「什……什什什什什麼事？」

「我希望你也觸碰我。」

「妳說觸……觸碰……」

士道發出顫抖的聲音說完，折紙便用右手拉開自己衣服的前襟。

「我今天裡面什麼都沒穿。」

「…………！」

士道屏住了呼吸，頭腦開始猛烈運轉，幾乎到了懷疑自己的腦子是否快燒壞的地步；臉蛋也燙得幾乎感到有一股煙正從耳朵裡冒出來的錯覺。

士道做了一個深呼吸，好讓心情得以平靜下來，緊接著為了濕潤乾渴的喉嚨，用手摸索著拿起剛才買的冰紅茶，將吸管含在嘴裡。

然而無論經過多久，冰涼的紅茶滋味始終沒有擴散到口中。

士道覺得奇怪，往手邊看去，馬上就明白了原因。士道嘴裡含的並非插進自己的冰紅茶杯蓋的吸管。

那麼，士道現在嘴裡含著的吸管究竟是……

士道循著吸管移動視線，發現探出身子的折紙正含著吸管的另一端。

折紙默默地「啾」一聲，吸了一口吸管。

「嗚哇！」

士道放聲大叫，從椅子上站了起來。周圍觀眾射出的刺人視線，扎滿士道的全身。

「你怎麼了？」

「呃，還敢問我怎麼了，妳……」

『……這……』

『是本人呢……』

『錯不了……』

士道的右耳傳來〈佛拉克西納斯〉船員全體一致認定她是折紙本人的意見。

◇

——結果，士道從折紙身邊解脫，已經是晚上十一點之後的事了。
他疲軟無力地走在夜晚的路上，回到自家門前。
「今天……特別難熬呢。」
士道一邊自言自語一邊伸了懶腰。肩膀一帶的骨頭發出細小的聲音。
看完電影，兩人踏進附近的咖啡廳天南地北的聊了許多話題……不過，情形就跟在電影院時一樣，折紙將兩人曾經度過的時光記得鉅細靡遺、滴水不漏，宛如按下影片播放鍵般準確無誤。
再加上那積極的個性，看來折紙並非七罪。
不過如此一來……事情又陷入五里霧中。
這下子士道已經跟所有嫌疑犯約過會，現階段明顯可疑的人物是——
「士道！」
當士道一邊思考一邊準備打開五河家家門的時候，穿著睡衣的十香從隔壁公寓的入口處出聲呼喚。
「十香？這麼晚了，妳在幹什麼啊？」

「這是我要問的吧。你到底跑到哪裡去了，這麼晚才回來？」
十香走向士道如此說道。與其說生氣，單純提出疑問的感覺更為強烈。
「啊……抱歉，有點事。」
「唔……」
士道避而不答，於是十香鼓起臉頰，露出些許不滿的表情。
「這幾天，士道好像很忙吶。不只請假沒來上學，也沒做便當和晚餐給我吃……」
「抱……抱歉，等事情忙完，我會再做給妳吃，好嗎？」
士道說著雙手合十、低頭賠罪，十香見狀慌慌張張地搖搖頭。
「不，不是啦。我不是那個意思啦……嗯？不對，我的確是想吃士道煮的飯，所以也不能算錯囉……？」
十香歪了歪頭，貌似在煩惱什麼事情，發出「唔唔」的呻吟聲。不過，她又隨即像是轉了個念頭般甩了甩頭，一把握住士道的手。
「總之！你有你的苦衷吧？不用在意我。我會避免跟鳶一折紙吵架，也會想辦法解決伙食。所以，士道你做自己該做的事情就好。」
「十香……」
士道呼喚她的名字後，她突然漲紅了臉。

「……不過，士道一直不在身邊，那個……總覺得……很寂寞。如果有我能幫忙的事情儘管說。只要是為了士道，我會放下一切飛奔過來！」

十香說完，使勁握緊士道的手。

她率直的視線以及話語令士道感到無比窩心，因此他也回握十香的手。

「……嗯，謝謝妳，十香。有妳在，我就吃了一顆定心丸了。」

士道說完，十香露出欣喜若狂的表情，嘴角勾勒出一抹彎月。

「嗯，我想說的就只有這些！那麼晚安了，士道！NATSUMI！」

聽見十香笑容可掬說出的話，士道頓時嚇了一跳……不過，他立刻反應過來。

「嗯，晚安，十香。NATSUMI！」

士道朝十香揮揮手後，她便用比他更多倍的力氣，活力充沛地使勁揮著手臂，跑向公寓。接著打了大大的呵欠，走進公寓中。

看樣子那個總是早早上床睡覺的十香，真的只是為了傳達那些話給士道才刻意保持清醒直到現在。

該怎麼說呢，一股莫名好笑又令人憐愛的感覺隨著歉意湧上心頭，士道輕輕露出了微笑。

總覺得腳步比幾分鐘前輕盈了一些。士道穿過大門，從口袋拿出鑰匙，打開玄關的門。

然後——

「慢死了。」

猶如早就等在那裡、時機抓得恰到好處的妹妹大人雙手扠腰、兩腿大張，一副凶神惡煞的模樣如此說道。

「別這麼說嘛。我也受盡了千辛萬苦耶……」

「……我當然知道呀。事情的來龍去脈我也一清二楚，並不是衝著你發脾氣。只是──」

琴里嘆了一口氣，一臉氣憤地皺著眉頭繼續說道：

「──時間差不多要到了。」

然後，在琴里說完這句話的瞬間──

士道與琴里之間的空間突然扭曲變形，掃帚形狀的天使頓時現身其中。

「唔……出現了呢。」

「〈贗造魔女〉……！已經凌晨零點了嗎！」

士道苦著一張臉，緊咬牙關。看來回到家裡的路程意外地花了不少時間。

不過，〈贗造魔女〉沒有挑在和十香在一起的時候出現，算是不幸中的大幸。士道深深吐了一口氣好讓心情冷靜下來，接著面向掃帚形狀的天使。

結果〈贗造魔女〉彷彿配合士道的動作一般，展開了前端，曝露出如鏡子的內部。

然後和昨天一樣，鏡子裡映照出七罪的身影。

「嗨～～一天不見了呢，士道。你寂寞嗎？」

「七罪……妳……！」

「討厭，好恐怖的表情。要更享受這個遊戲嘛。」

七罪說著神情愉悅地露出微笑。士道緊握著拳頭，用力到指甲幾乎要陷進掌心裡，悠長地吐了一口氣，試圖讓心情平靜下來。

現在表露出情緒也於事無補，甚至有可能會危害到被〈贗造魔女〉抹消蹤跡的夕弦、四糸乃以及亞衣三人。絕不能說錯話惹怒七罪。

七罪露出不懷好意的笑容看著士道那副模樣，繼續說道：

「呵呵！遊戲第三天結束了呢。你已經調查完所有人了嗎？來吧，說出答案。我，是誰？」

「…………！」

士道嚥下一口口水，腦海裡浮現這三天以來約會過的嫌疑犯面孔。

然而——卻無法立刻說出答案。即使調查完所有人，士道依舊尚未掌握明確的證據。

「士道，沒有時間了喔。」

「……我知道。」

士道回應琴里，在腦海裡逐一刪除嫌疑犯的面孔。

最後留下的是——小珠老師。

她看起來確實像是還記得士道四月的告白，但也沒有明確說出當時的內容。再說只要觀察幾天小珠老師的行徑，應該便能調查出她正急著找結婚對象這種小事。

如此想來，她那過度推銷自己的方式，會不會是為了嚇阻士道，好讓他別再提出多餘的問題而使出的手段？

士道狠狠瞪著〈贗造魔女〉，冷靜地開口：

「七罪是──」

不過……此時士道的腦海裡掠過了昨天消失蹤影的四糸乃臉龐，頓時止住了話語。

士道懷疑為七罪化身而成所道出的姓名──因而遭〈贗造魔女〉抹滅蹤跡的少女。

倘若這次士道說出的人名並非正確解答，他將再次連累自己親近的人。

而實際上，小珠老師終究只是令人感到「懷疑」罷了，並沒有決定性的證據。再加上，當士道打算說出小珠老師名字的瞬間，經常如迷霧般纏繞於腦海的異樣感，更加強烈地束縛住士道的思考。

──不對勁。自己是不是在某個最根本的地方理解錯誤了呢？

那種毫無根據的存疑制止了士道的發言。

「──士道！」

「……！」

聽見琴里的叫喚，士道驚訝地睜大雙眼。

然而──為時已晚。士道回過神來的瞬間，七罪舉起雙手比出一個大大的叉叉。

「答錯了！超過時間囉。很遺憾，明天再來挑戰吧～～」

於是，四周的空間再次扭曲晃動，〈贗造魔女〉的身影漸漸消失。

徒留五河兄妹兩人默默地佇立在五河家的玄關。

過了一會兒，琴里搔著頭，嘆了一口氣。

「……我不會責怪你。在猜錯名字，那個人就會消失的情況下，況且也沒有決定性的證據，不可能輕易做出回答。」

可是──琴里接著說道。

「已經有好幾個人被抹去蹤影，以及──只要你不找出七罪，這場遊戲就不會結束，這兩件事你要銘記在心。」

「……嗯……抱歉。」

琴里說的沒錯。士道緊咬牙根、胡亂搔了搔頭，懊悔自己為何如此缺乏果斷力。

此時，右耳傳來了令音的聲音。

『……小士。聽得到嗎？小士？』

「令音……？怎麼了嗎？」

『……剛才監視各個嫌疑犯的自動感應攝影機，拍攝到了〈贗造魔女〉出現的畫面。』

聽了令音說的話，士道感覺心臟一陣絞痛。

他早已心裡有數，昨天也是同樣的情形。〈贗造魔女〉在士道回答之後，消除掉其中一名嫌疑犯。他應該早就明白會發生這種事。

然而，再次被通知這種狀況，士道還是心跳劇烈到發疼。

「……今天究竟是誰……」

士道嘴裡並沒有吐出「消失了？」這幾個字。明知即使如此也不會改變任何結果，身體卻像在抗拒一樣難以說出口。

『……嗯。今天消失的人是──』

令音彷彿猶豫不決──煩惱著該不該將這個情報告訴士道──停頓了一下子，繼續說了：

『……十香。』

「咦……？」

令音說完這句話──

士道聽見自己全身裂開的聲音。

第五章　魔女的把戲（Witchcraft）

位於天宮市近郊有好幾棟〈拉塔托斯克〉所屬的大樓。

伍德曼造訪了其中一棟大樓的地下三樓。

「——就是這裡，伍德曼卿。」

為伍德曼領路的年輕機構人員，在長廊的盡頭停下腳步。

那裡有一塊以鐵欄杆劃分而成的狹小空間。簡單來說，就是類似牢房的地方。

其中有一名男性的身影。那是一名穿著簡樸的工作服，年約四十歲的男子。整張臉以及全身布滿了好幾道看似最近才添加的傷痕。

「他是距今約兩個月前，因或美島一事而遭到捕捉的ＤＥＭ社員。從他身上的身分證得知他是第二執行部上校同等官，詹姆斯．Ａ．派汀頓。不過除此之外，挖不出任何情報。」

「挖不出任何情報？是指他始終保持緘默嗎？」

「算是緘默嗎……」

機構人員露出困惑的神情，用力拍了拍鐵欄杆。然而，牢裡的派汀頓依舊躺在床上，沒有任何反應。

「就是這副德性。我們也嘗試使用顯現裝置審問過他幾次，但他彷彿喪失了記憶一樣。」

「原來如此。很像那傢伙會使出的手段呢。」

「那傢伙？」

機構人員納悶地側著頭。「沒事。」伍德曼回應：

「可以讓我跟他說一下話嗎？」

「好……這倒是沒關係……」

機構人員一臉疑惑地往後退開。伍德曼命令嘉蓮將輪椅面向牢籠裡的派汀頓。

「——嗨，詹姆斯。要不要跟我說說話啊？」

「…………！」

就在伍德曼出聲攀談的瞬間——

以往徹頭徹尾毫無反應的派汀頓，頓時猶如發條娃娃般從床上一躍而起。

「嗚喔……！」

機構人員抖了一下肩膀。然而派汀頓絲毫不予理會，踏著蹣跚的步伐，搖搖晃晃地走向伍德曼，「鏗噹」一聲倚靠在鐵欄杆上。失焦的眼神與沾滿口水的嘴唇，朝伍德曼等人劈面而來。

「啊……啊……啊啊啊啊啊啊啊啊啊啊啊，伍……伍……伍伍伍伍伍德……曼……曼曼曼曼！」

派汀頓從喉嚨深處發出猶如唱片跳針的聲音，頭部不停微微抖動。

不過數秒之後，從派汀頓喉嚨發出的奇妙不協調音漸趨穩定，甚至可以聽得出語句。

然後——

「——嗨，好久不見了呢，艾略特。」

發出與至今迥然相異的聲音。

不對……不知道用「發出聲音」來形容是否正確。派汀頓的表情與以往並沒有什麼不同，明明發出聲音卻甚至沒動用到嘴唇和舌頭，說是從人型擴音器中發出別人的聲音還比較恰當。

「什麼……這……這是……」

機構人員揚起充滿驚慌的聲音。不過，這也難怪。伍德曼微微聳了聳肩，回答派汀頓——不對，正確來說，是聲音那一頭的男人。

「是啊……三十年不見了呢。身體還健朗嗎？艾克？」

「託你的福，健朗得很呢。你呢，艾略特？」

「我就沒有自信了，最近還老眼昏花呢。」

「那真是糟糕啊。」

模樣有如殭屍的男人所發出不知何人的聲音，以及片刻間的談天說笑。一旁的機構人員露出膽戰心驚的眼神看著這幅情景。

「——話說，艾略特，你有沒有打算回來我們這裡？我想你也知道，〈公主〉反轉了。我等一償宿願的時刻將近。如果有你鼎力相助，勢必會更加確實達成吧。倘若你願意回來，我想艾蓮也肯定會感到開心。」

「很不湊巧，我沒有那個打算，艾克。三十年前我們就已經討論不下百次了吧。」

伍德曼說完，「聲音」聽似十分遺憾地嘆了一口氣。

「真可惜。即使過了三十年的歲月，你的熱情似乎仍沒有退卻呢。」

話音落下的同時，派汀頓的身體便沿著鐵欄杆緩緩向下滑落。

「——既然如此，下次見面時我不會手下留情。我要利用精靈達成我長年以來的心願。」

「我不會讓你得逞。〈拉塔托斯克〉就是為此而存在的。」

「呵……」

到此為止，便再也沒有傳來任何「聲音」。

——同時，派汀頓猛然趴倒在地，口中吐出大量鮮血。

「什麼……！」

機構人員驚慌失措地操作終端機，開始聯絡上方樓層的人員。

伍德曼看著這幅情景，微微皺了眉頭。

「你還是老樣子呢，艾克。跟三十年前一模一樣。」

然後，伍德曼依然直視著前方，朝握住輪椅握把的女性說道：

「近期之內，或許有可能和ＤＥＭ正面對決……妳要有心理準備，嘉蓮。」

「沒有任何問題。我從好幾年前就已經明白，自己不可能和姊姊互相理解。」

聽見伍德曼說的話——

嘉蓮．Ｎ．梅瑟斯以毫無抑揚頓挫的聲調如此回應。

同一時刻，於DEM Industry英國總公司大樓的某個房間裡，執行董事艾薩克．威斯考特嘆了一口氣。

接著他按下手邊的按鈕，呼喚外面的人進來。

於是不到幾秒的時間，便有人敲了敲房間的門。

「——打擾了。」

艾蓮說著踏進房間。

「你找我有事嗎？艾克？」

「不……不是什麼大不了的事。」

威斯考特如此說道，並且看向艾蓮。

「我在想，之前的董事會，梅鐸提出的意見也有他的道理。」

「怎麼說？」

「在之前的作戰喪失了大量巫師這件事是事實。尤其是損失了亞德普斯2號崇宮真那，以及亞德普斯3號潔西卡・貝里，應該會對今後對付精靈產生非常大的問題吧。」

「……你的意思是，要補充人員嗎？」

艾蓮微微皺著眉頭說道。從她的表情隱約能窺見一絲不悅的神色。莫非是看錯了？威斯考特輕輕聳了聳肩。

「當然，只要有妳在就萬事亨通了吧。不過，終究還是得以防萬一。有人支援，妳比較好行動也是事實吧？」

「…………」

艾蓮嘆了一口氣，再次望向威斯考特。

「——就算是這樣好了，擁有與DEM亞德普斯稱號旗鼓相當實力的巫師，究竟有何人選呢？如果是SSS的阿爾緹米希亞，很遺憾，她還——」

「不是。」

威斯考特打斷艾蓮的話，揚起嘴角。

「——不是有一位嗎？讓妳身體受傷的優秀巫師。」

◇

——屋外傳來麻雀啁啾而鳴的叫聲。

「…………」

士道默默地瞥了一眼自臥房窗外射入的晨曦之後，視線在顯示於電腦螢幕上的資料，以及散亂在四周、數量龐大的文件之間來回遊走。

上頭記載著密密麻麻關於各個嫌疑犯對士道的反應，以及詳細的資訊。身高、體重、血型、痣的位置等身體方面的資料，出生地、家族成員、現居住址等周邊環境，甚至是詳盡的興趣嗜好和怪癖，有好幾項〈拉塔托斯克〉無視隱私的情報雜亂無章地記載在上頭。當然，盡是些精靈們所欠缺的資料。

不僅如此，士道還懇求令音，瀏覽過所有嫌疑犯的錄影片段。雖然〈拉塔托斯克〉的人員基本上都檢視過一遍，但如果沒有親眼看到，還是無法令人放心。

「……已經……天亮了啊。」

士道揉著模糊的雙眼操作電腦，顯示出剩下嫌疑犯的名單。

——十香消失之後，很快的已經過了兩天。

這段期間，士道猜錯了兩次犯人的名字，因此總共失去了四名嫌疑犯。

十香消失的隔天，士道指名的小珠老師和殿町消失了蹤影。

再隔一天，士道重新審視現有的情報，指名了跟小珠老師一樣沒有說出往事的葉櫻麻衣——抹去了麻衣與美衣的行蹤。

如今剩下的人有琴里、折紙、耶俱矢、美九四名。

然而——不管怎麼調查這四個人，都找不出一丁點關於七罪的蛛絲馬跡。

「…………」

不過，士道在朦朧的意識中不停思索。

——有某件事一直懸在他的心頭。

沒有任何一個嫌疑犯露出馬腳。這項事實令士道的腦海裡萌生了一種可能性。

還沒有確切的證據，而且也並非明確得知七罪化身的人物是誰。不過，那個可能性猶如一劑猛藥，極可能顛覆士道以往的行動。

「……這該不會——」

士道將手肘拄在桌上，手抵在嘴邊。不知是睡眠不足還是壓力過大的關係，這樣一個小小的動作令士道感到有些反胃想吐。

就在士道一語不發、沉思了一會兒，他背後的門突然開啟，琴里走進了房間。

「士道……等等，你該不會沒睡吧？」

琴里皺著眉頭，走近士道。

「……喔，琴里。」

「我不是說過嗎？要你不要勉強。我明白你的心情，不過要是你弄壞了身體，不就血本無歸了嗎！」

「……只是睡眠不足，不要緊的啦。今天……要重新展開調查吧。我想想——是先從耶俱矢開始對嗎？」

士道半瞇著眼回答，伸出手打算撿起剛才掉在地上的資料。

不過就在這時，士道感到一陣頭暈目眩，當場跪倒在地。

「唔……」

「真是的，所以說嘛……！」

琴里一臉煩躁地說著，牽起士道的手。

「我不是早說了嗎……！總之，你現在給我休息！這種狀態下根本無法好好做出判斷！」

「我沒有——那種時間啦……好不容易有了點頭緒，得快點找出七罪才行。」

「少囉嗦。不管怎樣，我都打算取消白天和傍晚的調查。總之你先暫時去補眠！」

「…………！」

聽見琴里說的話，士道猛然甩開她的手。

「取消……？什麼意思？這樣線索不是更少了嗎？為什麼要這樣……！」

「你冷靜一點！」

琴里施展手刀朝士道的頭頂劈過去。力道雖然不大，但對現在的士道而言，卻是沉痛的一擊。腦部感受到一陣天搖地動般的衝擊，士道當場趴倒在地。

「唔……」

「你維持這個姿勢就好，看看這個。」

琴里將拿在手中的白色卡片遞給士道看。

一瞬間，士道以為那是七罪之前和照片一起寄來的留言卡，不過上面寫的文字似乎不同。士道眨了眨眼睛，閱讀卡片上的文句。

「差不多該結束這場遊戲了。

今晚，抓到我，

否則所有人都會消失。

七罪」

「什麼……」

士道屏住呼吸，撐起身體，一把搶過琴里手上的卡片。

「這……究竟是……」

「早上起床時就放在信箱裡了。可以說是……七罪寄來的挑戰書吧。」

士道聽了吞下一口口水。

「意思是指……如果今晚沒有找出七罪，她就要消除剩下的所有嫌疑犯嗎？」

「如果照字面解釋，應該是這樣沒錯吧。」

琴里聳著肩說道。士道將手抵在額頭上，緊咬牙根。

能做的事都做了，想得到的也全都調查過了。即使如此，士道仍然無法從剩餘的四名嫌疑犯當中選出疑似七罪的人物。

然而……期限卻無預警地降臨，要人不著急才是強人所難。

——今天，只要士道判斷錯誤，剩下所有嫌疑犯的存在都會被抹滅。

這股無與倫比的龐大壓力緊緊勒住士道的心臟。

不過——士道用力咬牙。

「……琴里，我有一個請求。可以聽我說嗎？」

「什麼請求？如果我做得到，一定妥善處理。」

琴里露出溫和的表情反問士道。士道一邊整理思緒，一邊緩緩說出提案。

幾分鐘後，聽完提案的琴里發出「唔嗯」的低吟聲，將手抵在下巴。

「原來如此。好，我去幫你安排。」

「……謝謝。老實說，我還找不到最後決勝的關鍵。」

「不過相對的，在我處理事情的期間，你要好好補充睡眠。這是交換條件。」

「……好，我了解了。」

士道坦率地點點頭，接著站起身來，踩著有些蹣跚的腳步躺上床。

然後緩緩舉起右手，一根一根彎曲手指，握起拳頭。

士道目前還沒有確切的證據揭發七罪化身為何人。如果以拼圖來比喻，他現在的狀態只缺少最後幾片拼圖。

所以──不管七罪有沒有寄挑戰書，士道應該都會對琴里提出和剛才一樣的請求。

「──七罪。」

士道凝視著空中，喃喃自語般說道：

「今晚……我絕對──要揪出妳。」

◇

「呵呵呵……呵呵呵……！」

化身成×××的七罪看似愉悅地露出笑容。

她回想起第一天夕弦；第二天四糸乃與亞衣；第三天十香；第四天珠惠與殿町；第五天麻衣與美衣消失時士道的臉。

混雜著戰慄、焦燥、慌亂、絕望，難以言喻的表情。每當在腦海裡想像那副表情時，便有一股令人陶醉的快感竄過七罪的身體。

可是，行不通。

——那樣已經無法滿足她。

七罪十分渴望，渴望著比以往更加龐大的恐懼，渴望士道絕望至極的表情。

正因如此——她才寄了另一封最後的信給士道。

為了消除所有剩餘的嫌疑犯。

也為了目睹得知所有人消失那一瞬間的士道的表情。

同時也是為了當一切落幕後——將因失意而跪倒在地的士道一併吞噬掉。

「我絕對不會放過……看見我祕密的人。光是抹滅他還不足以消除我心頭之恨，我要讓他失去所有夥伴，在失意當中死去。」

七罪如此呢喃後，咬牙切齒。

「反正也沒有人……找得出我。」

◇

當天晚上。

在那之後充分睡了一覺（應該說是半被逼著睡覺）的士道，與琴里待在陰暗的房間裡。

這個地方似乎等同於〈拉塔托斯克〉所屬設施的地下室，但詳細情形不得而知。由於從入口進來之後走了相當長一段距離，不只住址，連這裡位於哪個地方都不清楚。

房間的大小約十坪左右吧。除了四處擺放著高腳桌之外，空無一物，是個類似舞廳的空間。

其實如果能使用〈佛拉克西納斯〉的會議室自然是方便，但只要嫌疑犯當中留有折紙和尚未封印力量的精靈七罪，似乎就無法這麼做。

——不久，房間的門發出聲響緩緩開啟。

然後，三名少女自門外踏著緩慢的步調走進房間。

「呵呵，多麼適合呀。這舞台正好適合吾用來審判那個邪王吶。」

第一人是耶俱矢。

「好厲害～好像祕密基地呢～」

第二人是美九。

「……」

接著，最後一人是──折紙。

加上原本就待在房裡的士道和琴里，共有五個人。

目前剩餘的所有嫌疑犯，現在都聚集在這個房間裡。

沒錯。這就是士道拜託琴里做的事。

希望她能製造一個將剩下所有嫌疑犯集結一處，能與所有人談話的環境。

為了確定最後的疑惑，無論如何都必須具備這項要素。

另外──還有一個原因。想要大家提出新的意見這一點，也是他真正的感想。

所有人應該都已經聽過〈拉塔托斯克〉說明事情的梗概。不知是幸或不幸──剩下都是些知道「精靈」存在的面孔，因此才能使用這個方法。

「──謝謝各位過來。」

琴里說完後，三人雖然面露些許困惑的神情，依舊朝士道和琴里走來。

士道吸了一口氣，依序看向三名少女。

「……我想妳們已經聽說事情的原委了。首先……我要向各位道歉。對不起。都是我連累了妳們……真的很抱歉。」

士道說著深深地低下頭。於是，傳來嘈嘈嚷嚷的聲音。

「哼，汝無須在意。真要說的話，吾才希望汝對隱瞞吾等此項重大問題之事道歉吶。」

「唔嗯～也就是說那場約會只是調查的一環囉？那還真是有點遺憾呢～」

「……………」

三人各自表達意見。士道再次深深低下頭後，緩緩地抬起頭。

「我知道這麼說很自私。可是……求求妳們，請各位……助我一臂之力……！」

士道宛如傾吐心聲似的說道。所有人同樣用力地點了點頭——除了一個人。

「士道。」

從剛才就始終保持沉默的折紙凝視著士道開口：

「這到底是怎麼回事？」

「！抱歉，折紙。可是拜託妳，我需要妳的力量。」

士道如此懇求，折紙突然垂下視線，搖了搖頭。

「希望你不要誤會，我當然會幫你。既然牽扯到精靈就更應該如此。我問的不是這件事。」

「咦？妳的意思是……」

「這裡到底是什麼地方？剛才跟我們說明事情原委的究竟是誰？我從以前就一直很好奇了。你到底跟什麼事情有所牽扯？」

「那……那是……」

士道不由自主地支吾其詞。的確，就折紙的立場來說，她會有這些疑問也是理所當然的吧。

「太在意這些芝麻小事的話，皺紋可會變多喔。」

如此回答的是站在士道左邊的琴里。折紙帶刺的眼神投在琴里的身上。

「……五河琴里。」

「……幹嘛啦。」

琴里半瞇著眼回答折紙。兩人視線相交了好一陣子。

仔細想想，這兩人的關係匪淺。折紙曾經懷疑琴里是自己的殺親仇人，突然對她發動攻擊。結果發現那是誤會，士道介入兩人之間暫時平息了戰火——不過，兩人的微妙關係並沒有因此消除。

折紙一語不發地垂下眼簾，輕輕嘆了一口氣，將視線從琴里身上移開。

「——這些事，我之後再問。總之，我對幫助士道這件事沒有異議。」

「我……我知道了，謝謝妳，折紙。」

「不會。可是……」

「可是什麼？」

「你突然叫我出來，我內心有點期待。」

「……那個……該怎麼說呢，真是抱歉。」

除了道歉還能說什麼？士道微微低下頭。事實上……召集折紙等人的是令音，士道並不知道她是用什麼樣的方式叫大家出來。

「呵呵，看來事情是談妥了吶。」

此時耶俱矢猛然張開雙手，故作姿態地高聲說道。

「那就開始吧。揭發潛藏於吾等之中的暴虐之人的篩選儀式！」

「哎呀，妳真是幹勁十足呢。」

「那還用說嗎！」

琴里說完後，耶俱矢誇張地張開雙手。

「在吾等之中有誘拐夕弦的狂妄之人吧！那麼非得將那傢伙揪出來，讓她付出對等的代價才行——否則本宮嚥不下這口氣……！」

說到後半段便顯露出她的真心話。耶俱矢似乎也察覺到這件事了，只見她清了清喉嚨，重新擺了一個姿勢。

「總之！抹消夕弦等人的精靈，本宮勢必要將她揪出來！」

耶俱矢緊緊握住拳頭。從旁人眼裡看來，她使力的方式非比尋常。想必她將夕弦突然消失蹤影所累積的無處宣洩的情感，全都投向那名犯人身上了吧。

「好了、好了，我已經知道妳幹勁十足了，先冷靜下來吧。」

琴里豎起嘴裡含著的加倍佳糖果棒，開口說道。

「狀況就跟進來這間房間之前向妳們說明的一樣。我們之中混入了一名擁有變身能力的精靈，我們必須找出她才行。之前所進行的調查結果都整理成這份資料了，如果有什麼問題或是在意的事，不管多麼微不足道都無所謂，儘管說出來。」

琴里說完指向附近的桌子。那裡擺了好幾份用長尾夾固定住的文件。

所有人拿起那份資料，看了一會兒。

片刻之後，美九嘆了一口氣。

「原來如此……當時達令問的問題是這個意思呀～」

「……達令？」

折紙的眉毛抽動了一下。士道連忙開口緩頰：

「好了、好了，這件事之後再討論。」

「…………」

折紙雖然露出不滿的表情，但還是老實地閉上嘴巴，視線再次落在資料上。

相對的，這時耶俱矢倏地豎起一根手指。

「話說，士道。那個叫七罪的，到底長得什麼模樣呀？」

「咦？喔喔，她啊——」

「——是個超級醜八怪，讓人連看都不想看一眼。」

琴里打斷士道的話，如此說道。

「真要比喻的話，長得就像一隻被車子輾過的蟾蜍吧。一雙瞪得老大的眼睛分得超級開，有像豬一樣的朝天鼻，皮膚像月球表面一樣坑坑疤疤，身材也圓滾滾的，淒慘到讓人懷疑她的三圍數字是不是一樣呢。還有，總之就是個大餅臉。大概是三頭身吧。與其說是精靈，不如說是妖怪比較貼切吧。」

琴里正經八百、滔滔不絕地形容七罪的容貌。但是那和士道記憶中的七罪模樣截然不同，擺明了是胡說八道的情報。

「喂，琴里……」

士道話才說到一半，琴里便「噓！」的一聲豎起一根手指。

士道這才察覺，這肯定是為了觀察潛藏在這之中的七罪的反應所設下的圈套。被說得那麼難聽，很少人會完全不在意。即使不表現在臉上或是行動上，設置在這間房間裡的觀測裝置也應該會有什麼反應才對。
然而——
『……沒有類似的反應呢。』
士道的右耳傳來令音的聲音。
琴里應該也收到相同的報告了吧。只見她發出「嘖！」的一聲咂了嘴，操作擺放在桌上的小型終端機。
「……我開玩笑的。妳們看看這個。」
琴里說完的同時，終端機的螢幕上顯示出七罪的身影。一名身穿魔女般靈裝的美麗女性。
「咦咦……跟妳說的完全不同嘛～琴里真是個可怕的孩子～」
美九皺著眉頭，臉頰滴下汗水。不過琴里絲毫不在意，連忙發問：「還有其他意見嗎？」
「不過，士道和琴里都做到這種地步卻還抓不到她的狐狸尾巴，令人有點在意吶。」
接著如此說的是耶俱矢。
「再說，吾等之中藏著那名叫七罪的精靈這件事是千真萬確嗎？會不會其實她根本沒有化身成任何人，只是看著士道慌張的模樣，沉浸在愉悅之中呢？」
耶俱矢說著歪了歪頭。
「……當然，也不排除有這種可能性。不過——」

琴里環抱著手臂，對士道使了個眼色。士道輕輕點點頭回應琴里。

「嗯。雖然我跟她說過話的時間也不算長……不過，我想她應該沒有在說謊。」

「哦？汝為何能說出此般話來？對方可是抹消夕弦等人的精靈喔。教人如何信服她？」

「嗯，該怎麼說呢……我覺得七罪對於自己的能力抱有非常大的自信。而且，七罪確實明確地說出她就在這些人當中。先不管她會不會鑽規則的小漏洞，但我認為她並不會做出明顯違反規則的事情。」

「唔嗯……」

耶俱矢看似為難地低聲沉吟了之後，點點頭表示認同。

「原來如此吶。既然直接跟七罪說過話的汝都這麼說了，本宮就相信汝吧。」

耶俱矢說著將視線挪回資料上。

過了一會兒，似乎看完所有資料的折紙抬起頭。

「士道。可以讓我看看精靈〈魔女〉寄來的照片和卡片嗎？」

「嗯，當然可以。」

士道點點頭，從自己帶來的包包裡拿出白色的信封，遞給折紙。

「…………」

接下信封的折紙將裡面的照片和卡片並排在桌上。耶俱矢和美九從旁邊探頭過來。

「哼……原來如此吶。本宮被偷拍了呀。」
「等一下！我眼睛瞇起來了啦！」
耶俱矢悶哼一聲，美九則是怒氣沖沖的模樣。不過，折紙無動於衷，逐一看著排列在桌上的照片和卡片。
然後，她將手抵在下巴沉默了一陣子之後抬起頭。
「——我想先確認一件事。」
「好，什麼事？」
「〈魔女〉的變身能力，也能變身成人類或精靈以外的東西嗎？」
「咦……？」
聽見這句話，士道的眼睛瞪得老大。
「人類或精靈以外的……？」
「沒錯。說得更詳細一點，就是她有沒有辦法變身成沒有生命的物質，或是跟她原來的體積差異極大的存在？例如變身成手掌般的大小，或是像紙一樣輕薄。」
聽見折紙說的話，士道輕輕點了點頭。
說到這裡，士道第一次遇見七罪時，她將ＡＳＴ隊員們變化成滑稽的角色。既然能對別人施展能力，那麼能將自己的身體變化成人類以外的形狀也不足為奇。

「大概做得到。只是，我不知道……她有沒有辦法變身成大小差異極大的東西。」

「也就是，無法斷定做不到的意思囉？」

「嗯……沒錯。」

「是嗎？」

折紙點點頭。於是坐在隔壁的美九宛如想到了什麼一樣，捶了一下手心。

「咦？那難不成是……」

她說著指向排在桌上的照片。

「精靈有可能變成這些照片其中之一……的意思嗎？」

「照片……」

士道將手抵在下巴。的確……無法完全否定。

「我就在這當中。你能猜中哪一個是我嗎？」

沒錯。如果只照字面來思考，確實可以將文字「這當中」解讀成七罪存在於照片本身之中。

「沒錯。」

折紙瞥了美九一眼，點了點頭。

「通常對方出示照片並說出『我就在這當中』，任誰都會認為精靈就在照片上所拍攝的這些人物之中。不過這次的情況並沒有說得那麼明確。」

折紙瞪著排在桌上的照片，繼續說道：

「再說，這個規則本身就很奇怪。隨著時間流逝，嫌疑犯的人數便會逐漸減少。這個手段或許確實能有效地使士道感到無比焦燥，但同時也會背負自己容易被發現的風險。除非堅信自己絕對不會被找到，否則應該不會採取這種方法才對。」

聽了折紙說的話，士道點了點頭。那也是士道一直以來感受到的異樣感。

耶俱矢聽了這些話，環抱手臂哼了一聲。

「——原來如此吶。不過，假設真是這樣又該怎麼辦？照片有十二張耶！難不成要一張一張指名嗎？」

「沒這個必要。」

折紙如此說完，將攤開在桌上的照片收成一疊。

「折紙？」

「你看著。」

於是，下個瞬間——

才剛看到折紙將手伸進懷裡，隨後便發出「喀」的一聲，成疊的照片上插了一把小刀。刀刃完全貫穿照片，刺到桌上。

「噫……！」

「這是最簡潔又最快速的確認方法。」

折紙眉頭皺都不皺一下，旋轉插在照片上的小刀剜挖照片。

——然而，照片卻沒有顯現出任何反應。

「……看來是搞錯了。」

折紙輕輕發出感到遺憾的聲音，將小刀收進懷裡。士道用手擦拭額頭上不知不覺冒出的汗水，同時思考著……如果七罪真的化身成照片，究竟會是什麼樣的下場。

「哼，又得重頭來過啦。」

「可是～我認為折紙說的沒錯～感覺對象並不是只想享受刺激～我認為她是鑽規則的小漏洞，讓自己絕對不會被猜到～因為現在只剩下四個嫌疑犯囉！這機率就算是亂槍打鳥也有可能猜中不是嗎？」

美九將手指抵在下巴如此說道。士道也贊成她的意見，微微點了點頭。

不過，耶倶矢卻不悅地瞪著美九。

「這話什麼意思？汝想說七罪不在嫌疑犯之中嗎？這件事士道剛才不是已經否定了嗎？」

「人……人家又沒有那樣說……」

「汝該不會刻意想讓大家認為吾等之中不存在七罪吧？」

耶倶矢半瞇著眼說道。接著，美九露出不高興的神情，垮著一張臉。

「妳這是什麼意思呀～就算是耶俱矢，說出這種話我還是會生氣喔～」
「哼，被人說中心事而感到驚慌失措了嗎？愈來愈可疑了吶。汝的背後流露出一股漆黑的波動喲。」
「喂，妳們兩個冷靜一點……！」
琴里急忙介入耶俱矢與美九之間。兩人隔著琴里互相瞪了一會兒。
「現在不是吵架的時候吧。士道，你也說說她們嘛。」
「…………」
不過，士道卻默默地搗著嘴，注視著每個人的一舉一動。
「士道……？你怎麼了呀？」
「……嗯，果然，搞不好——」
士道喃喃自語般說完，抓了抓頭。
「折紙，可以讓我看一下照片嗎？」
「好。」
折紙將成疊的照片遞給士道。
士道將被小刀刺得到處是洞的照片排放在手邊，並且凝視了起來。
「剩下的嫌疑犯有四人……可是不管再怎麼調查，這當中都沒有發現疑似七罪的人物……鑽規則的小漏洞好讓自己絕對不會被猜中……『我就在這當中。你能猜中哪一個是我嗎？』……」

那是士道無論晝夜，仔細審視所有情報、絞盡腦汁所找出的一種可能性。

士道唸咒般嘟嘟噥噥，吐了一口長長的氣。

然後，環視所有人開口說道：

「——搞不好，七罪並不在妳們之中。」

「……什麼……？」

士道說完後，所有人睜大了雙眼。

那也是理所當然。為了找出七罪，特地將所有人聚集在一起，現在居然說七罪可能不在這些人之中。本末倒置也該有個限度。

「喂，你在說什麼呀，士道？」

「就是說呀。這跟汝之前說的話完全不同嘛。」

琴里和耶俱矢皺著眉頭說道。然而，士道搖了搖頭。

「不，我所說的並非七罪不在這照片上的十二名人物之中，而是有可能『不存在於現在剩下的四個人之中』。」

士道如此說了。

「…………！」

或許是察覺到話中之意，片刻之後，琴里抽動了一下眉毛。
然後以極為驚人的速度開始翻閱起手邊的資料。耶俱矢和美九目瞪口呆地看著那副情景。
「原來如此……想不到……不過，如果是那樣……」
「咦？咦？等一下～人家不懂啦，請告訴我啦～」
美九哀求似的說了。琴里的額頭上冒出汗水，點了點頭。
「……好。這恐怕是──」
──就在琴里話說到一半的時候──
相當於房間中心的空間一瞬間歪斜扭曲，隨後散發出淡淡的光芒──
天使〈贗造魔女〉出現了。
「什麼……！」
所有人驚慌失措的聲音響徹整個房間。
士道連忙看向房間的時鐘。晚間十一點三十分──離凌晨零點還有三十分鐘。
「這是怎麼回事？今天不是還沒過完嗎！」
士道放聲吶喊後，〈贗造魔女〉彷彿回應他一般展開了前端，鏡子裡浮現出七罪的身影。
「──呵呵呵，不要那麼慌張嘛。畢竟是最後一晚，更享受一點嘛。」
七罪看似愉快地笑著繼續說道：

「這是最後一晚的特別規則喔。今天給你平常的十倍，十分鐘內猜出答案。要是十分鐘內沒有猜中，或是沒有指名任何人，我就再給你十分鐘。最後要是在嫌疑犯只剩下一個人之前你還沒猜中，就是你輸了喔。待在這裡所有人的『存在』都將由我接收。」

「唔……！」

士道皺起了臉。這時傳來琴里輕輕咂嘴的聲音。

「三十分鐘……呀。真是卑鄙的招數。」

「這是……什麼意思？」

「──剩下的嫌疑犯有四名。」

回答士道疑惑的不是琴里，而是折紙。她瞪著七罪，以冷靜的語氣繼續說道：

「如果從現在開始，在時間內沒辦法指出任何人的姓名，凌晨零點正好會只剩下一名嫌疑犯。也就是說，〈魔女〉打算在日期變換的同時結束這場遊戲。」

「……唔。」

士道握緊拳頭，再次看向房間裡的少女們。

琴里、折紙、耶俱矢、美九。

所有人的表情都點綴著緊張、恐懼、焦燥等情緒。乍看之下，實在不覺得在這些人當中有打算奪取所有人「存在」的精靈。

然而，彷彿要打斷士道的思緒般，七罪繼續說道：

「啊啊，對了、對了。難得大家為了我齊聚一堂，今天除了士道以外，其他人也可以參與指名喔。不過，指名時間當然是十分鐘一次，所以要慎重考慮之後再猜喔。如果票數相同，那次的指名就當作無效。」

「……還真是自說自話呢。」

瞬息萬變、不斷追加的規則，令士道不由得皺起眉頭。

不過，總不能一直處於混亂狀態。只剩下三十分鐘，而且能猜測誰是七罪的機會僅剩三次。

一旦錯失機會──現場所有人都將被〈贗造魔女〉抹消存在。絕對不允許失敗。

就在這個時候，琴里看向映照在〈贗造魔女〉鏡中的七罪。

「──正好。我有事想先向遊戲發起人確認。」

「哎呀，是什麼事呢？」

「這場遊戲的規則是，妳就在這些照片當中。沒猜中的情況下，每隔一天就消除一人。而猜錯犯人時，被猜錯的人也會消失……我沒說錯吧？」

琴里說完後，七罪戲謔般聳了聳肩。

「誰知道呢……雖然我很想這麼說，不過這點小事回答妳也無妨。妳的認知沒錯。」

「……這樣啊。」

琴里輕輕哼了一聲，同時瞄了士道一眼。

士道點點頭回應她的視線。剛才的問題，也正是士道想要問的。

「這……這是什麼意思呀？喂，琴里，汝不說明嗎？」

耶俱矢皺著眉頭說道。

於是，琴里將資料扔在桌上，開口說了：

「……我們或許嚴重誤解了方向。」

「什麼……？」

聽見琴里說的話，耶俱矢歪了歪頭。琴里一邊分類排在桌上的照片，繼續說道：

「我們之前一直想從這些照片所拍攝的人物之中找出七罪。」

「唔嗯……可是，那不是遊戲規則嗎？」

「對。那個先決條件並沒有錯。不過——如果我們之後的思考方向完全被誤導了呢？」

琴里一邊說著一邊在桌上將照片分成兩組。

左側是折紙、琴里、耶俱矢、美九四名；右側則是其餘的八名。

也就是現在剩下的嫌疑犯，與已經消失的其他臉孔。

「這……這是什麼意思？」

「剛才鳶一折紙和美九說的話，我也一直很在意。現在留在這裡的四位嫌疑犯，是原先十二名人物當中，接受過最詳細的調查和分析的人。當然，對手是精靈，即使擁有超乎我們預想的能力也絲毫不足為奇。不過，假如——七罪『早已』不存在於這些人當中，一切就說得通了。」

「什麼……！」

「咦咦！」

「…………！」

耶俱矢與美九高聲發出驚慌失措的聲音，折紙也同時瞪大了雙眼，翻閱起手上的資料。

逐字逐句地閱讀上面的文句後，緩緩抬起頭。

「——原來如此。上面確實都沒有寫。」

「請……請等一下，那是指……」

美九抵著額頭試圖讓混亂的頭腦冷靜下來。士道點了點頭。

「……沒錯。一般來想，會認為犯人存在於剩下的嫌疑犯當中。可是，這不是推理小說。就算消失，嫌疑犯也並非死亡。『規則上並沒有寫到，一天結束之後消失的人不會是七罪』。」

「……！」

士道說完，耶俱矢和美九兩人屏住呼吸，將眼睛睜得圓滾滾的。

沒錯。那就是——士道推斷出的一種可能性。

其餘的四名嫌疑犯，無論如何調查都查不出一絲一毫的異樣。

愈是進行就愈對七罪不利的遊戲規則。

如果這個假設是正確的……所有疑惑都將豁然開朗。

「那麼，士道、琴里。汝等是說七罪並不在現場的這些人之中，而是在已經消失的嫌疑犯之中囉？」

耶俱矢的臉頰滴著汗水，同時問道。於是琴里面有難色地將手抵在下巴。

「說得更正確一點——是已經消失的人之中，排除被士道指名而遭到抹消的人，剩下的其餘人物之一。畢竟都被士道猜中了還裝傻，就違反遊戲規則了。」

琴里說完，從放在桌子右側的照片之中剔除了四糸乃、小珠老師及麻衣的照片。

剩下的是夕弦、亞衣、十香、殿町、美衣這五名人物的照片。每一位都是在一天結束之後被七罪抹消蹤跡的面孔。

「請……請等一下～那不是比現在更難猜了嗎？嫌疑犯的人數變多了耶！」

美九高聲發出近似哀號的聲音。她說的沒錯，現場的嫌疑犯有四名。本來只剩下三次機會，這下子選擇範圍變更大了。

不過，折紙搖頭否定。

「——從數字上看來確實是如此沒錯。不過，實際上卻不然。資料上顯示，只有一個人幾乎不會被懷疑。」

「咦……？」

聽見折紙說的話，士道皺起眉頭。士道推論出來的終究只是有可能為七罪的人選，還沒有掌握到最後決定性的證據。

不過，琴里卻點了點頭，同意折紙說的話。

「沒錯。確實，在被指名之前就消失身影的話，我們就不會認為那個人是七罪。如此一來，就等於不會被懷疑。」

琴里皺著眉頭繼續說道：

「可是，即使如此，大家一開始的條件應該都是相同的。雖然機率很低，但如果在她自己消失之前被士道猜中，七罪就輸了吧。士道，你仔細回想看看，應該有那麼一個人才對。靠自己的掌控逃過你指名的，只有一個人。」

聽琴里這麼一說，士道開始動腦思考。

接著，馬上就想到了琴里和折紙所說的人物。

沒錯。那就是——

「難不成是……夕弦……？」

士道呼喚在第一天夜晚消失的少女之名，嚥下一口口水。於是琴里和折紙垂下視線，點了點頭表示認同。

不過，聽見那個名字，夕弦的姊妹耶俱矢一臉不悅地板起臉。

「汝說什麼？士道，汝是說夕弦是犯人嗎？」

耶俱矢說著將臉逼近士道。士道連忙搖了搖頭。

「等一下啦。我又沒有那──」

可是，琴里打斷士道，繼續說道：

「資料上也有註明……〈贗造魔女〉出現在我和士道的住處，催促士道指名犯人是從第二天開始。」

琴里說的沒錯，第一天〈贗造魔女〉並沒有出現。

也就是說──七罪並沒有給予士道指名犯人的管道。

那天晚上，〈贗造魔女〉抹去了夕弦的蹤跡。那時，士道得知嫌疑犯將會遭到抹消的事實而害怕得發抖──不過重新思考後，士道並不了解為何第一天〈贗造魔女〉沒有出現。

「第一天晚上，夕弦消失了。不過換句話說，不也代表她絕對不會被指認為犯人嗎？」

琴里如此補充。耶俱矢似乎因為夕弦被大家懷疑而感到不滿，但或許是找不到證據反駁，她沒有再開口說話。

琴里「呼～～」地吐了一口氣，面向七罪。

「……還真是詭計多端呢。不過就結果來說，妳那慎密的心思反而讓妳露出了狐狸尾巴。妳變身成的人是，夕弦。」

琴里表現出自信滿滿的模樣說道。

「………………」

不過，士道陷入沉思。

這麼解釋確實合乎邏輯。不過不知為何，士道就是強烈認為缺少了什麼決定性的關鍵。

「哦……答案決定了吧？」

七罪一副從容不迫的模樣回答。

「剛好十分鐘。贊成琴里意見的人舉手。」

七罪如此說完，琴里、折紙、美九，以及有些猶豫的耶俱矢舉起了手。

「……士道？」

琴里一臉疑惑地看向士道。即使如此，士道仍舊沒有舉手。

七罪揚起嘴角冷笑。

「好，時間到了。因為大多數人都贊成，你們指名的人就決定是八舞夕弦。」

映照在〈贗造魔女〉鏡子之中的七罪彈了一個響指，接著——

「什麼——」

站在原地的折紙身體發出淡淡光芒，隨後被吸進〈贗造魔女〉的鏡子裡，消失得無影無蹤。

「折……折紙……！」

「——呵呵，猜、錯、了。切入點很有趣，真是可惜～～」

七罪欣喜若狂地放聲大笑，彷彿在挑釁士道等人般轉著手指。

「哎，被指名的人是已經消失的夕弦，只能消除一個人實在很可惜。好了，重新計時指名時間囉。選出下一個指名的人物吧。呵呵，機會還剩下兩次。你們能猜中我嗎？」

「怎……怎麼會這樣……」

琴里的臉上閃過一絲戰慄。

「不是夕弦嗎……？那……那麼，究竟會是誰……！」

她露出驚愕的表情，將手肘拄在桌上。

這也難怪。在這種狀況下，一切都回到了原點，離下次指名也沒有多少時間。明顯可以看出每個人的心跳都愈來愈快。

「唔……」

士道抱著頭，再次看向資料。

夕弦不是七罪。那麼是剩下的十香、亞衣、殿町、美衣其中一位嗎？即使如此，除了夕弦以外，士道想不到任何人能明確地避開士道的指名。難不成，七罪真的只是為了享受勝負的快感，而將自己曝露在危險之中嗎……？

可是如果這麼思考，以此為前提而提出的假設就失去了意義。如果七罪沉浸在享受勝負的愉悅當中，那麼也有可能存在於現場剩下的三個人之中——

士道在腦海裡不斷思索。他用指尖敲著太陽穴，好讓混亂的思緒冷靜下來。

「呵呵，啊哈哈哈哈！」

不知經過了多久，七罪像在看笑話一般看著大家驚慌失措的模樣，捧腹大笑。

「好了、好了，真是辛苦呢。名偵探的推理結束了嗎？要是不快點找出我，大家就要在鏡中世界和樂融融地過活囉？呵呵，不過請放心吧。你們的模樣，大姊姊我會好好有效利用的。」

「妳這個……混帳！」

耶俱矢往地板一踹，朝〈贗造魔女〉踢了過去。

「竟然把夕弦……！十香！四糸乃！折紙！小珠！亞衣、麻衣、美衣，還有士道的朋友……！還來！還來！還來……！」

然而，那樣的攻擊對天使絲毫起不了作用。〈贗造魔女〉發出朦朧的光芒，下一瞬間便輕而易舉地將耶俱矢吹飛。

「咕啊……！」

背部猛烈撞到牆上，耶俱矢發出悶哼聲。

「耶俱矢！」

「……沒用的，快住手！即使妳能夠使用某種程度的靈力，現在的妳也敵不過天使！」

琴里露出嚴肅的表情，呻吟似的說道。

「可……可是，這樣下去……！」

耶俱矢握緊拳頭打算再次朝〈贗造魔女〉揮拳的瞬間，七罪又開口說了：

「——好了，在你們拖拖拉拉的時候，時間已經到了喔。你們似乎還沒有提出名字呢，打算怎麼做呢？」

在不知不覺間，似乎已經過了十分鐘。七罪環視所有人。

「看來沒有要指名呢。那麼……」

「——是十香！」

七罪話說到一半，琴里發出吶喊。

「琴……琴里？十香就是七罪嗎？」

「……其實我是胡亂瞎猜的。總不能浪費指名犯人的寶貴機會吧。」

「決定是十香了吧？」

七罪如此問道。士道也沒有其他人選，露出苦澀的表情點頭。

於是這次換耶俱矢的身體散發出淡淡的光芒——逐漸被吸進了〈贗造魔女〉的體內。

「嗚……嗚哇……！」

「耶俱矢！」

「很遺憾，十香也不是正確解答。好了，再過十分鐘就凌晨零點了。下一次的指名是最後的機會。呵呵，你們能猜中我嗎？」

房間再次恢復了靜默。

不過，這個情況並沒有持續太久。美九抱著頭大叫出聲。

「這……這到底是怎麼回事呀……！人家受不了了！放我回去……！」

「冷靜點！冷靜點，美九！要是亂了陣腳，就稱了七罪的意了！」

「達……達令……可是、可是……！」

美九的眼眶泛起斗大的淚珠，抽抽噎噎地哭泣。

士道一邊安撫美九，一邊緊咬牙齒。

——還缺少某種決定性的關鍵。七罪就存在於被〈贗造魔女〉抹消的人們之中……這一點肯定沒有錯。不過，不知道究竟是誰。

「沒錯……絕對——有某個關鍵證據。這個如蛇蠍般的女人不可能赤手空拳地下戰帖，一定有某個手法，讓她能完全不受懷疑……！」

琴里的額頭冒出汗水，粗暴地持續翻著資料。

士道將視線移向桌子上排列的照片。

被七罪抹消蹤跡，而且還沒被指名的人物有三人。

不過，七罪真的存在於這些人之中嗎？士道已經搞不清楚了。他將手擱在胸口，好平靜愈來愈快的心跳，並且來回瞪視資料與照片。

可是不管再怎麼思索，都找不出解答。

「——不好意思在你煩惱的時候打擾你，不過只剩五分鐘囉。」

七罪嗤嗤訕笑，並且朗聲說道。

士道屏住了呼吸。看向時鐘確認時間，確實已經過了五分鐘。身體感受時間流逝的速度，明顯比剛才還要快。焦急引發混亂，混亂干擾判斷。士道吐著顫抖的氣息，抓了抓頭。

「啊啊啊啊啊啊啊啊！討厭！我受不了了！」

或許是忍受不了極度的緊張感，美九甩著一頭亂髮放聲大叫。

「達令……我……我……我……！」

她一臉混亂地顫抖著牙齒，突然鬆開夾在自己頭髮上的髮飾，放到士道手中。

「美……美九？妳做什麼——」

「即……即使我消失了，也請你不要忘記我……！看到這個髮飾，就要想……想起我……」

「妳在說什麼不吉利的話啊！我不會讓妳消失！我絕對……會找出七罪！」

士道放聲大叫，將髮飾還給美九。然而，美九卻沒有收下的打算。

「美九……？」

「因……因為……如果我戴上了，消失的時候不是會跟著一起不見嗎……！我不希望……達……達令你的身邊，沒有留下任何我的痕跡！」

「妳在說什麼——」

就在這個時候——

「————」

士道感覺有一股電流竄過自己的身體。

折紙與耶俱矢消失——剩下的，除了士道，就只有琴里、美九兩個人。而且時間不斷持續倒數，再過幾分鐘之後，〈贗造魔女〉便會消除最後一個人。

再絕望不過的狀況。正常來說，就算臉上露出死心的表情也不足為奇。然而——士道卻因腦海裡掠過的一絲可能性而渾身顫抖。

士道察覺出的規則漏洞——已經消失的人物，也有可能是七罪。

折紙提示的可能性——七罪能夠變身成人類以外的東西。

以及，剛才美九說出的話。

——「如果戴在身上，會一起消失」。

這些端倪，將宛如迷霧般籠罩住士道腦海的疑惑全部串連在一起。

「難不成……」

「士道……？」

「達……達令？」

士道有些呆滯地發出聲音，琴里和美九便一臉納悶地看向他。

然而，現在的士道並沒有心思回應兩人。他只是站在原地，在腦中將情報一項項連結起來。

——仔細想想。

這場遊戲打從一開始就很奇怪。

最初收到的只有幾行文句。不過隨著時光流逝，卻增添了許多要素。

士道、琴里和令音根據每天增加的要素來推測七罪制定的規則，竭盡全力地想要掌握遊戲的全貌。

如果，那才是七罪原本的目的。

如果，乍看之下只認為是七罪任性妄為所追加的各種規則，不過是為了掩蓋一個事實。

「『我就在這當中。你能猜中哪一個是我嗎？』……」

士道呢喃著不知已說過幾次的規則，將視線落在排列在桌上的其中一張照片上。

以往完全沒有在意過的一點。

明顯有別於其他十一張的，一張照片。

「……七罪，我有一件事想跟妳確認。」

士道將視線投向七罪。

「哦？什麼事？如果要求我饒你一命，我可不聽喔。」

七罪以一副從容的語氣回答。不過，士道對她說出的挑釁話語置若罔聞，繼續說道：

「——妳寄來的照片有十二張。可是，嫌疑犯的人數……『真的是十二人嗎』？」

「呵呵，誰知道呢？」

即使士道如此試探，七罪依舊不慌不忙地回答。

不過——這個回答就足以讓士道深信不移。

因為七罪曾經回答過——琴里之前的提問。

然而她卻一語帶過，沒有正面回應士道的問題。

那就代表，士道的猜測是正確的。

士道回想起幾天前與那名嫌疑犯的對話。

「啊……」

於是，當時並沒有特別在意的芝麻小事逐漸在腦海裡甦醒。

絕對——沒錯。

士道吞了口水濕潤喉嚨後，緩緩抬起頭。

「——我知道了，琴里、美九。」

「……！」

士道冷靜地說完，琴里與美九屏住呼吸——七罪則是挑動了一下眉尾。

「你……你說你知道了……是指知道七罪化身成誰嗎？」

「真……真的嗎？達令？」

「對。都是多虧了大家的幫忙，只靠我一個人是絕對……猜不出來的。」

「……到底是誰呀？」

琴里露出困惑的表情詢問。士道大大地深呼吸之後，繼續說道：

「我們搞錯先決條件了。七罪並非讓自己提早脫離被懷疑的可能性，而是打從一開始……就沒有人會懷疑她。」

「……這是什麼意思？」

「剛才七罪的回答，讓我堅信我的想法是對的。七罪她——『從來就沒有說過嫌疑犯有十二個人』。」

「咦……？」

美九將眼睛睜得圓滾滾的，然後開始數起排列在桌上的照片。不過，上面當然還是只有十二張照片。

士道緩緩地搖了搖頭。

「沒錯。照片只有十二張。可是，定義嫌疑犯人數的不是七罪，而是我們。真正的嫌疑犯有十三人——不對，正確來說，是『十二人和一隻』……！」

「…………！」

聽見士道說的話，琴里露出恍然大悟的表情。

然後看向某一張照片。

「怎麼會有這種事……不過，如果是這樣，確實——」

「達令，沒有時間了！只剩三十秒！」

美九發出尖銳的叫聲。士道大大地深呼吸之後，緩緩舉起右手——猛然豎起一根手指，指向〈贗造魔女〉。

然後——

「七罪——就是妳。」

他對著手所指著的〈贗造魔女〉繼續說了：

「沒錯吧，『四糸奈』……！」

說完，映照在〈贗造魔女〉鏡子上的七罪，臉上褪去了先前露出的無畏笑容，一臉嚴肅地凝視著士道。

「……四糸奈呀。是指四糸乃手上戴著的那隻手偶嗎？」

「對，沒錯。妳這幾天化身成了四糸奈。」

「……可以解釋理由嗎？」

七罪用手撫摸著下巴詢問。士道凝視著那雙翡翠般的雙眸，繼續說了：

「──我能察覺到這件事，都是多虧了折紙和美九。七罪能夠變化成人類以外物質的可能性……以及，戴在嫌疑犯身上的東西，也會跟那名嫌疑犯一起消失的事實。綜合這兩點來思考，唯一能想到的就是四糸奈。」

「…………」

七罪面無表情地環抱雙臂。士道不予理會，接著說：

「然後，當我發現到那個可能性的時候……我想起了一件奇怪的事。」

「奇怪的事？」

琴里這麼問了。士道依舊望著七罪，微微點了點頭。

「對。調查第一天，四糸乃和四糸奈變裝來我家的時候──我一開始被從門縫鑽出一顆頭的四糸奈給嚇到，不小心將手上的手機扔了過去。」

「聽你這麼一說……我好像有看過那段影片。」

「可是，四糸奈卻漂亮地閃過了那支手機，宛如能看見手機飛向她一樣。四糸乃的眼睛明明就在門外。」

「啊……！」

琴里睜大雙眼。

沒錯。由於「四糸奈」平常很自然地說著話，因此令人容易忘記她是只有四糸乃在左手戴上手偶時，才會透過手偶呈現出來的人格。她的感覺器官，應該全都仰賴四糸乃才對。

正常來想——她不可能閃得過。

「而且……還有另一點。當我想要確認以前的事而提出問題時，四糸奈說出了她在折紙家的事。確實，四糸乃弄丟四糸奈的時候，我在折紙的房裡找到了她。可是——她不可能會知道。因為離開四糸乃的四糸奈，只是普通的娃娃。」

沒錯。「四糸奈」不可能會知道自己被安全地保管在哪裡這件事。

可是，七罪知道這件事。雖然不知道是她變身成士道時複寫了他的記憶……還是評斷要變身成誰的時候，在折紙的日記上看到「四糸奈」的事，總之她知道「四糸奈」不可能知道的情報。

「妳發出了聲音。明明動作和聲音都只要交給四糸乃就好……！我不知道妳是想藉由補充情報來擺脫妳的嫌疑，還是信心滿滿地打算給我提示，但妳就是說出了一句話……！」

士道說完，再次用力指向〈贗造魔女〉。

「好了，怎麼樣啊，七罪！妳所變身的，是四糸奈嗎！」

「……我──」

映照在〈贗造魔女〉的七罪臉頰滴下汗水，支吾其詞。

──瞬間……

士道指著的〈贗造魔女〉開始蠢動。

接著，隨著震動愈發激烈，〈贗造魔女〉前端的鏡子也開始龜裂，產生許多細小裂痕。

鏡子散發出與以往淡淡光輝截然不同的強烈光芒。

宛如集中使用了好幾具大型探照燈的刺眼光芒，充滿了整個房間。士道不由自主地用手遮住臉龐。

「唔──」

「這……這是怎樣呀……！」

「呀！」

過了一陣子，光芒收斂消失，因刺眼亮光而有些白茫茫的視野總算漸漸習慣原來的亮度。

此時，士道發現了一件事。前一秒還不存在的好幾個人正躺在房間裡。

沒錯。他們全都是──被〈贗造魔女〉抹消身影的夥伴們。

「！大家！」

士道如此大喊，幾名人物按著頭緩緩坐起上半身。

「這……這裡……到底是……」

「！能夠……回來了嗎？」

「…………！」

十香、耶俱矢和折紙前後眨了眨眼睛。下一瞬間，耶俱矢大概立刻理解了狀況，環顧四周，衝到癱倒在地的夕弦身邊。

「夕弦！夕弦！」

耶俱矢搖晃著夕弦的身體。片刻之後，夕弦不斷輕輕咳嗽。

「朦朧。耶俱……矢。妳還是一樣……吵鬧呢。」

「！夕弦……！」

耶俱矢哭花了臉，緊緊抱住夕弦。夕弦雖然呆愣了一下子，卻還是馬上溫柔地回抱住她。

小珠老師、殿町、亞衣、麻衣、美衣等人似乎依然昏迷不醒。就十香和夕弦已經清醒的狀況來看，與其說是按照被〈贗造魔女〉囚禁的順序，或許單純只是對靈力的抵抗力強不強罷了。

「太好了……大家……都平安無事……」

士道吐了一口長長的氣，軟弱無力地頹倒在地。

雖然他得意洋洋地指出了犯人的名字，但老實說，他心跳激烈到心臟都要破裂了。

「士道！」

此時，十香朝士道奔跑而來。

「發……發生什麼事了？這裡是哪裡？」

「…………喔。」

不過，心中卸下大石頭的士道並沒有餘力詳細解答十香的疑惑。他無力地露出微笑，撫摸十香的頭。

「唔……士道，你怎麼了……唔……」

十香一開始露出納悶的表情，但不久便看似感到十分舒服地從喉嚨發出聲音。

士道覺得開心了起來，露出淡淡的笑容。

然而——就在這個時候……

士道的眼角餘光發現了一個身影。

「那是……！」

有一名少女和清醒的所有人一樣，蹲在地板上。那是一名戴著大大魔女帽的少女。

「七罪……！」

士道再度繃緊身體，借助十香的手站起身來，然後緩緩走向那名少女身邊。

看來周圍的人也發現了士道的去向。折紙、琴里、美九和八舞姊妹像是要把七罪包圍起來一般，開始移動腳步。

「——是我贏了。妳死心吧。」

「…………！」

士道如此說完，七罪抖了一下肩膀，緩緩抬起頭。

於是，在看見原本隱藏在寬大帽簷底下的七罪身影的瞬間——

「……咦？」

士道不由得遺忘先前的緊張，發出驚愕的聲音。

理由很單純。現在癱坐在眼前的少女姿態，簡直跟士道記憶中的七罪判若兩人。

嬌小纖瘦的身軀、看起來極不健康的慘白肌膚，以及讓嬌小的個子看起來更矮小的駝背。皺得卑微的眉頭、一雙憂鬱的眼眸，過去充滿自信的表情已不復在。勉強來說，只有頭髮的顏色與士道記憶中的七罪相同，但並非柔順的長髮，而是沒有修整護理的蓬亂髮型。

與那名性感的七罪截然不同的嬌小少女就在眼前。

「妳是……七罪……嗎？」

士道皺著眉頭說了。七罪貌似大吃一驚，不斷以掌心觸摸自己的臉，露出驚愕的表情。

「啊……啊……啊啊啊……！」

然後揚起充滿絕望的聲音，抓住帽簷像是要掩蓋自己的身影似的，將背蜷縮得更小了。

「這……究竟是……」

「……原來如此啊。」

士道歪著頭感到不解時，琴里輕輕地哼了一聲。

「——原來以前士道見到的，是她使用靈力變身之後的模樣呀。」

「啊……」

士道睜大雙眼，「啪」地捶了一下手心。

「————！」

七罪發出不成聲的哀號，隨後立刻以帽子遮掩自己的模樣，高高舉起右手。

「〈贗造魔女〉……！」

原本飄浮在圓桌中央的〈贗造魔女〉回應七罪的聲音，飛到七罪的手中。此時，原本龜裂的鏡面漸漸自動修復，變得完好如初。

下一瞬間，七罪的身體散發出光芒，搖身一變，成了以前士道所見的成熟大姊姊的模樣。

七罪以憎恨的眼神瞪視著士道以及周圍的人，從喉嚨發出沉重的聲音。

「你知道了……吧。你知道了吧你知道了吧你知道了吧你知道了吧你知道了吧你知道了吧你知道了吧你知道了吧你知道了吧你知道了吧你知道了吧你知道了吧你知道

了吧你知道了吧你知道了吧你知道了吧你知道了吧——————！」

接著，她怒不可遏地扭動著身體，繼續說道：

「不僅一次，居然還看到我的祕密兩次……！不……不不不不可原諒。絕對不可原諒。你們所有人，我不會輕易放過你們每一個人——！」

七罪縱聲嘶吼，然後高高舉起手中握著的〈贗造魔女〉。

「〈贗造魔女〉——！」

「什麼……！」

七罪大聲呼喚的瞬間，〈贗造魔女〉前端再次散發出光芒——耀眼光芒逐漸填滿整個房間。

「唔——」

士道不禁閉上眼睛，皺起臉孔。

話雖如此，那道光芒數秒之後便收斂消逝。眼睛也馬上習慣，室內再次恢復陰暗。

不過——

「士道！士道！」

耳邊響起十香比平常還要高亢的聲音。

士道看向十香——然後僵在原地。

「士道，這是怎麼回事？身體沒辦法隨心所欲地動……！」

外表變成小學三年級左右的十香，邊說邊拖著鬆垮垮的睡衣，手忙腳亂地揮舞著手腳。

「什……什麼……！」

然而，反常的不只十香。

士道環視周遭，除了失去意識的人之外，所有人都像十香一樣外表變得稚嫩。

「這……到底是……」

「呵呵……呵呵呵呵呵呵……！」

正當士道皺著眉頭時，於房間中央高舉〈贗造魔女〉的七罪發出陰沉的笑聲。

「活該……！你們所有人永遠都當個小不點吧……！」

七罪放聲大笑後，便跨上〈贗造魔女〉，在房間的天花板開了個洞，飛向了天空。

「等……等一下！七罪！七罪——！」

即使士道吶喊，他宏亮的聲音也只是空虛地迴盪在房裡。

To be continued

後記

好久不見，我是橘公司。NATSUMI。

在此為您獻上《約會大作戰DATE A LIVE 8 搜尋七罪》。

對我而言，這次的故事結構算是比較少見。擁有變身能力的精靈七罪化身成士道周遭的某個人物，而士道則要參與遊戲、找出犯人。

話雖如此，就另一個概念而言，也是因為想製造讓人數變多的各個角色大顯身手的場面。如果各位能以輕鬆的心情享受這個故事，將是我莫大的榮幸。

這回初次粉墨登場的精靈七罪，為了慎重起見而標注的讀音唸作「NATSUMI」。雖然無法撼動「狂三（KURUMI）」屹立不搖的冠軍寶座，但一如往常地是個難唸的名字呢。這次在公開了副標題之後，將「美九（MIKU）唸成「YOSHIGYU」的強者我朋友，又以簡訊傳來了好幾個奇怪的讀音。其中最離譜的無疑是「MOSUBA」。一開始我還搞不懂含意，不過思考了幾秒之後，發現他是在比喻某漢堡店的菜單名稱（註：摩斯漢堡摘鮮綠系列，日文「菜摘」發音同NATSUMI）。說到這

裡，「八舞（YAMAI）」登場的時候好像被唸成了「HABOMAI」。絕對不是難讀或讀錯這種微不足道的理由，而是更可怕的，只是單純硬要讀成那樣而已。

那麼，在此向大家報告一件事。

本作品《約會大作戰DATE A LIVE》已經決定在月刊少年ＡＣＥ重新改編成漫畫了！哇！拍手拍手！

不是外傳，而是從本篇「末路人十香」開始改編漫畫。

擔任漫畫的是犬威赤彥老師。是一位描寫帥氣的動作場面廣受好評的人物，敬請各位務必拭目以待！

在各方人士竭盡心力之下，本作品才得以完成。

負責插畫的つなこ老師、責任編輯、美術設計師草野以及其他出版相關人員、書店店員等，這次也得以順利出版本書，真的非常感謝各位！

下一集《約會大作戰DATE A LIVE 9》預計將在十二月出版。由於這一集是在九月出版，比平常的速度快了一點，但因為要出附藍光光碟的特裝版，要是遲交就糟糕了。我從現在就緊張得

心臟怦怦跳。（註：上述為日文版情況）

那麼，期待我們能再次相會。

二〇一三年八月　橘　公司

國家圖書館出版品預行編目資料

約會大作戰 8 搜尋七罪 / 橘公司作；Q太郎譯 --
初版. -- 臺北市：臺灣角川, 2014.04
面；　公分
譯自：デート・ア・ライブ 8 七罪サーチ
ISBN 978-986-325-895-7

861.57　　　103003486

Kadokawa
Fantastic
Novels

約會大作戰DATE A LIVE 8
搜尋七罪

（原著名：デート・ア・ライブ8　七罪サーチ）

2014年4月23日　初版第1刷發行
2024年4月12日　初版第13刷發行

作　者：橘公司
插　畫：つなこ
譯　者：Q太郎

發 行 人：台灣角川股份有限公司
總　監：呂慧君
總 編 輯：蔡佩芬
主　編：林秀儒
編　輯：孫千棻
設計指導：陳晞叡
美術設計：吳佳昀
印　務：李明修（主任）、張加恩（主任）、張凱棋

發 行 所：台灣角川股份有限公司
地　址：104台北市中山區松江路223號3樓
電　話：（02）2515-3000
傳　真：（02）2515-0033
網　址：www.kadokawa.com.tw
劃撥帳戶：台灣角川股份有限公司
劃撥帳號：19487412
法律顧問：有澤法律事務所
製　版：巨茂科技印刷有限公司
ISBN：978-986-325-895-7